夜明けの雪

幕末もう一つの真実

毛利宏嗣

郁朋社

夜明けの雪／目次

夜明けの雪

――幕末もう一つの真実――

序章「夜明けの雪」――果てしなき野望――

夜来の雪降り止まず江戸は一面銀世界、綿をちぎったような雪が一層激しく降りしきる中、一発の銃声音が突如朝の静寂を破ると、辺りの景色が一瞬にして純白から真っ赤に染め変えられた。安政七年（一八六〇）三月三日早朝、桜田門外の変は起こった。この時事件に関った関鉄之介以下十七名の水戸脱藩士と薩摩藩有村次左衛門《ありむらじざえもん》。ここに大老井伊直弼《いいなおすけ》暗殺を果たすも、この一挙を踏まえた水戸・薩摩連携による京都での幕府要人同時襲撃が実現することはなかった。

水戸浪士と薩摩精忠組とで交わされた薩水連盟の約束に従い江戸にて井伊直弼暗殺を果たしたにも拘らず、京都所司代等井伊一派の暗殺企てに対して、薩摩藩主島津久光《しまつひさみつ》が「兵力を出すに吝《やぶさ》かではないが未だその時機に非ず」としてこれを拒んだ為であった。権勢を恣《ほしいまま》にして多くの有為な人材を粛清《しゅくせい》する井伊大老に憤激を覚えた朝廷が密かに謀って水戸藩水戸斉昭《なりあき》に勅命を下し、井伊の抑え込みと幕政の改革を成さんとした。

既に家督を息子に譲り隠居の身であった斉昭の追い求めるところは早くから幕政の改革であり攘夷

の思想であった。

続々日本への上陸を果たす諸外国に対し弱腰外交を重ねる幕府の政策は行き詰まり、批判の矛先は只管《ひたすら》徳川幕府へと向けられ、国の行く末を案じる尊攘派が各地で俄かに台頭し討幕思想へと大きく傾いていく時期でもあった。

斯《こ》うした状況下での大老暗殺であったが、薩摩藩が同調しなかったことにより佐幕派を一気に排除せんとする尊皇攘夷派の筋書きは脆くも崩れてしまったのである。

他方、各藩にあっては、佐幕派重臣もまた多く、統一思想は容易に固まっておらず、その為、いずれの藩も佐幕派と尊攘派とに分かれ、藩内ほぼ一本化して尊攘を掲げるのは未だ長州一藩に限られていた。

それは朝廷内にあっても同じであり、それが故に、斉昭を擁する水戸藩、先代島津斉彬《なりあきら》の流れを組む薩摩藩といえども安易に尊攘を掲げることは許されなかった。況してや、水戸斉昭の七男一橋慶喜《ひとつばしよしのぶ》が将軍後見職の就任を取り沙汰されるとなれば、水戸藩内の意見が真っ二つに割れるのも無理からぬこと、そんな中での水戸浪士による井伊大老暗殺は各藩に大きな衝撃を齎《もたら》した。

桜田門外の変の後、逃げ延びた主犯格関鉄之介を鳥取にて密かに迎えたのが、鳥取藩の安達清一郎《あだちせいいちろう》である。

安達は、勘定所諸役を歴任し、元締め役を経て大坂御目付役となった父辰三郎に従い、大坂、京で学び、その後警備兵士等を経て、やがて請願して水戸に赴き砲術等を学ぶなどして知識を高め、併せて吉田松蔭と共に安政の大獄で処刑された梅田雲浜《うめだうんぴん》、頼三樹三郎《らいみきさぶろう》、僧月照《げっしょう》等との知己を得て後、鳥取へと戻った。この頃既に、関鉄之介、桜任蔵《じんぞう》、矢野長九郎等の水戸藩士が鳥取を訪れるなどして水戸との交流が深まり、鳥取藩内勤皇派の増員にも少なからず影響した。鳥取藩と水戸藩との元々の繋がりは、慶徳が水戸から池田藩に迎えられたことに始まり、両者の絆は一層深まっていた。

然し桜田門外の変があって後は幕府方の探索が極めて厳しく、もはや鳥取藩も関を匿う状況にはなかった。

「父と相談の結果、何とか金子だけでも手渡したいと思うてな。然し、探索方の詮議が厳しく、貴殿をここにお泊めするには参らぬのだ。いや、たとえ匿っても直ぐに見つかるは必定、まことに申し訳ござらん」

「事情はよく分かり申した。この金子有難く頂戴する」

「上席の堀様にも相談したのだが、『関殿の御身を保障できぬゆえ、このままお引取り願うしかござらん』と申すのだ。一年程前、関殿に『身命を賭して援護する』と約束した田村貞彦殿も既に中老職を辞しており如何ともし難いのです」

「いや、そこまでとは知りませんでした。これ以上ご迷惑をお掛けする訳には参りません。私は一旦水戸へ戻り暫くはそこに身を隠そうと思います。安達殿のご恩、決して忘れは致しません」

足早に去る関を安達は断腸の思いで見送った。

その後水戸藩過激派武士に対する取り締りが一層厳しくなり、事件に直接関わらなかった桜任蔵も追われる身となった。

その時安達は若き尊攘派同志中野治平に託して、この桜任蔵を匿った。

幕府のみならず水戸藩からも追われ行き場に窮した関鉄之介は藁をも縋る思いで再び鳥取を訪れた。然し既に鳥取藩の立場は大きく変わっていた。

嫌疑を掛けられるのを嫌い会おうともしなかった安達をやっとの思いで訪ねた関に対し、安達の対応は極めて冷たく、失意の中に帰っていった関は、文久二年（一八六二）遂に水戸藩に捕えられ江戸送りとなって斬首されてしまうのである。この時以来、安達は水戸藩士に対する深い負い目と良心の呵責に苛まれ、とりわけ関鉄之介への悔恨の情は深く、後々までずっと心を痛めていくのであった。

井伊直弼亡き後老中となった安藤信正が真っ先に掲げた政策は、険悪化していた朝廷との関係を回復せんが為の「公武合体」論であった。次第に攘夷思想に傾き掛けていた朝廷に対し、焦る幕府は、早くから有栖川宮熾人親王《ありすがわのみやたるひと》と婚約関係にあった皇女和宮を将軍徳川家茂《いえもち》の正室に迎え入れようと画策、幕府からの働き掛けを受けた公卿岩倉具視《いわくらともみ》等の説得もあって孝明天皇は止む無く妹・和宮の降嫁を了承する。

これを「皇室軽視」として激昂した尊攘過激派により、老中安藤信正が坂下門外にて水戸藩浪士六名に襲撃されたのが文久二年（一八六二）正月のこと。この時、安藤は辛くも一命を取り留めた。

この時、『首はある　などと供方　自慢をし』と読まれた川柳に対し、『あんどん（安藤）を消してしまえば夜明けなり』と返して庶民は風刺した。

翌月二月十一日、皇女和宮と家茂の婚儀は挙行された。

その直後、「一橋慶喜を将軍後見職に、松平春嶽《まつだいらしゅんがく》を老中にする」旨の勅書を懐に大原重徳《しげとみ》卿が千人に上る供揃えで江戸へと下ることとなり、これを薩摩藩主島津久光が守るという大行列となった為、尊攘派の気勢は大いに上がった。

　世情は、今や大きく緩み始めた幕藩体制の建て直しを名分に、やがて倒幕への思いを強める尊攘派と、窮余の一策・公武合体論を正義の御旗《みはた》に掲げる幕府方とに分かれて熾烈な争いを展開していくのである。

流されるままに　――孤独な藩主――

斯うした中にあって鳥取藩もまた佐幕派と尊攘派とに真っ二つに割れていた。

代々徳川に与《くみ》する幕府方名藩にありながら、水戸学百年の大計の流れを汲む水戸斉昭の五男として鳥取に入城した池田慶徳《よしのり》の置かれる立場はまことに微妙であった。そもそも鳥取藩池田家は、嘉永三年（一八五〇）、藩主池田慶栄《よしたか》に嗣子がいなかったことから、幕命により徳川御三家のひとつである常陸水戸藩から慶徳を池田家の養子として迎え入れたものであり、慶徳が慶栄の遺領を継いだのが十四歳、鳥取藩第十二代藩主として入城したのは僅か十六歳の時である。

慶徳が水戸藩主水戸斉昭の五男にして池田家を継いだ鳥取藩主ならば、その弟で斉昭の七男に当たる慶喜は御三卿・一橋徳川家の第九代当主であった。

元々佐幕思想の強かった鳥取藩だが、慶徳は直ちに藩政改革に乗り出し、教学の振興を筆頭に掲げた改革を次々と断行していった。

尊皇攘夷派の思想に傾倒する藩士が俄かに増え、その上、尊攘思想で改革心の強い堀庄次郎《ほりしょうじろう》、安達精一郎等学問に造詣深く政治力のある逸材が登用され、次々に藩政改革が推進された為、藩内はいつしか、親藩大名の立場から幕藩体制を堅持しようとする公武合体派と討幕を企む尊攘派とに真っ二つに分断されていく。

そして文久二年（一八六二）、一橋慶喜が将軍後見職に就くと、幕府との協調を重んじる藩内公武合体派の意向が強くなり、一方の尊攘派も若き精鋭達を中心として巻き返しを図る。中でも、河田佐久《かわたさく》馬《ま》祺景《とみかげ》を頭首に佐善脩蔵元立《さぜんしゅうぞうもとたつ》、加須屋右馬允武文《かすやうめのじょうたけふみ》、渋谷平蔵武貞《しぶやへいぞうたけさだ》等総勢二十二名が結集し、尊攘思想を強く掲げながら倒幕へと大きく傾いていった。

江戸は九段の練兵館《れんぺいかん》で斎藤弥九郎に神道無念流《しんとうむねんりゅう》を学び、長州桂小五郎と塾頭を争った鳥取藩きっての剣豪詫間樊六《たくまはんろく》、同じく剣豪吉田直人等を仲間に加え、然るべき時に備え、着々と準備を整えていた。

「桂小五郎殿を巻き込んでまでも詫間樊六だけは仲間に引き入れたかった」

「樊六が我が同志に加わったのは何とも心強い。これに、吉田も加わり、全部で二十二名となった」

「藩には他の攘夷派結集の動きもあるようだが、このような難しいご時世ゆえ、我等のみで行動を起こさねば到底初志を貫くことは叶わぬ」

「河田、お主にはまだまだ周旋方《しゅうせんがた》としての役目を負って貰わねばなるまい、それと長州の兄貴等との繋がりもな」

「同志の纏めは佐善に頼る外はない」

「無論、私が引き受ける」

河田左久馬は内部の固めを佐善元立に託し、自らは他藩、就中《なかんずく》長州との連絡に奔走した。

その年四月、伏見の寺田屋で開かれた会合の場で、薩摩藩を中心とした尊攘派の多数が死傷する世に言う「寺田屋事件」が起こるが、時の世相を反映した佐幕・倒幕争いの象徴的事件となった。

薩摩藩の定宿であった寺田屋は時に暗殺謀議には格好の場所であり、この日集結した倒幕の急進派には、関白邸、京都所司代邸の襲撃企てを謀《はか》る者さえいて、未だ公武合体派である一派との主張が噛み合わず、同じ薩摩藩でありながら図らずも斬り合いの乱闘騒ぎを起こしてしまうのである。

「寺田屋での密議を逸《いち》早く知るや、事前に使者を遣わして主謀者有馬新七《ありましんしち》等を斬ったそうだ」

河田の言葉に一同が聞き入った。

「流石の剣の達人有馬殿も討たれ、結局双方で十数名の死傷者を出している。久光公が寺田屋に薩摩藩の佐幕派を送り込み、同じ藩内の尊攘派や他藩の倒幕派達を抑え込もうとしたのは些か腑に落ちない」

「佐幕・勤皇の争いが激化して世情が混沌としていたからであろう」

島津久光は、藩主に自分の実子を据えながらも実権は自らが有し、朝幕間を取り持って双方を巧みに操っていた。

「我等は久光公に密かに期待を寄せていたのだが、此の度、公の取られた方針は幕府擁護であり、藩の尊攘派志士達を殺害するに至ってしまった」

ここで佐善元立が口を挟んだ。

「久光公は薩摩藩にあって一途に尊皇攘夷を志すものとばかり思うておった。然し、倒幕に走ろうとする藩内の大久保利通《おおくぼとしみち》、西郷隆盛《さいごうたかもり》殿等の行動に不快感を露わにするなど、公の日頃の行動は明らかに尊攘思想のそれから外《はず》れている」

　血気に逸る一人の男が堪らず言い放った。

「もはや他藩には依存せず、ここに至っては我が藩だけでも行動を貫かねばなるまい」

「いや、我等二十二名だけでも実行に及ぶべし」

　加須屋右馬允の言葉に改めて二十二名同志の意志を確かめ合うこととなった。

　その年五月、池田慶徳が参勤交代を終え江戸から帰国する道すがら、藩内尊攘派が主君を朝廷に参内させるべく、その旨認《したた》めた慶徳宛ての手紙を大原重徳《おおはらしげとみ》卿の使者に託したが、一方の佐幕派も藩家老の和田邦之助を筆頭に藩兵七百名を率いて鳥取を出立、藩主の行列に合流したところで、折しもそこへ訪ね来た大原卿使者からの手紙を先に入手してしまう。更に重臣達がこれをそのまま握りつぶしてしまった為、慶徳は書状を手にすることなく帰国してしまうのである。

　五月二十六日帰藩した慶徳はこの間の事情を知らぬまま、松平春嶽宛てに薩長の危険な画策を伝える書状を認め、同時に幕府老中に対しては十三ヶ条からなる幕政改革の建白書を送りつけた。

　それは、鳥取藩においては未だ攘夷決行の意識薄く、今は親藩主導によって幕政の改革と公武合体による国の安泰を進める時と心得る旨の内容であった。

　即ち、慶徳は未だ親藩の思想を起点に置いていたことになる。

「殿のお気持ちが未だ読めぬ。如何に攘夷を叫んでも主君が公武合体をお望みとなれば、我等の行動は自ずと制限されてしまう」

「殿は確かに難しいお立場に置かれておるが、これだけ攘夷が声高に叫ばれている折、今の弱腰の幕府を支えるのは却って我が国に不幸を招くばかり」

河田と佐善の考えはまさに一致しており、他の同志もまた同じ思いであった。

この頃、薩摩藩島津久光が京より戻るのと入れ違うようにして、長州藩主毛利《もうり》敬親《たかちか》が入京する。

「毛利公は攘夷策をもって国事の周旋を図り、同様、土佐の山内容堂《やまうちようどう》公もまた上洛して攘夷を唱えるなど、京はさしずめ攘夷一辺倒になりつつある」

「思想に開きのある我が藩でさえ少なからず他藩の影響を受けている」

斯うした最中で慶徳の入京が阻まれただけに、出鼻を挫かれた尊攘派の怒りは到底収まらなかった。

「やはり幕府方重役には退いて貰わねばなるまい」

藩内の尊攘派と佐幕派は互いに一歩も譲らず、双方の主張は益々増長して如何ともし難く、守旧佐幕派重臣の暗殺はいよいよ現実味を帯びていく。

その後、佐幕派重臣達による先の密勅隠蔽事実が慶徳の知るところとなり、その責を負って側近の家老和田邦之助、中老田村図書、側用人高沢省己、側役二宮杢之助等が罷免されるが、一方の朝廷参内を企図した堀庄次郎、正墻《しょうがき》薫《かおる》、田村貞彦等も一緒に御役御免となった為、尊攘派の怒りは一層募っていった。

この一連の人事により、新たに、中老・白井重之進、側用人・黒部《くろべ》権之介《ごんのすけ》等が重職に登用された。中でも黒部の確たる信念は他を圧倒し、その迫力たるや他の追随を許さぬものがあった。そしてこれが本圀寺《ほんこくじ》事件への序章となった。

「江戸からお戻りの途上、草津に差し掛かられた折、輪王寺宮家・今小路大蔵卿《いまこうじおおくらきょう》が殿を訪問なされ、頻りに滞京されるよう勧められたが、殿はどうにもお聞き入れにならなかった」

堀の言葉に安達が応じる。

「この上は殿に改めて京にお上り頂き、朝廷参内を果たすことが大事と存ずる」

堀、安達等の執念が実るのに然して時間は掛からなかった。

尊攘派重臣によるその後の大原卿への働き掛けもあって、十月に入り、朝廷から改めて慶徳に達しがあり、遂に慶徳の参内が叶うこととなった。

藩内尊攘派は俄かに活気づき、河田等二十二名の士気も大いに上がった。

尊攘派志士達の思いとは別に、慶徳自身には参内に向けての強い考えがあった。

近く攘夷の勅旨をもって三条等公家の勅使が下向すると伝え聞いた慶徳は、この勅使に先立って自らが江戸に下り、攘夷の勅旨を幕府に穏便裏に受諾させるべく事前に慶喜に根回しせんと企んでいた。

その中身は、鳥取藩内尊攘派の思いとは些か隔たりのあるものであった。

慶徳自身は、「事を急ぎ強いて攘夷の儀を促さんとしても却って他藩を刺激して天下騒乱となって国家一大事の恐れあるべし」と献言しようとしていた。

我が弟である慶喜を自分が説得することにより事を穏便に図らんとする慶徳の密かな作戦であったが、朝廷より得た勅意の中身は『幕府を補佐し、飽く迄攘夷を成さん』とするものであり、慶徳にはとんだ誤算となった。

慶徳は間もなく江戸に下り、真っ先に越前松平春嶽と会ってこれを伝え、その足で直ぐさま弟の慶喜を訪れ直に勅旨を伝えた。

それは、間もなく江戸に到着する三条実美《さんじょうさねとみ》・姉小路公知《あねこうじきんとも》等勅使の下向に随い、幕府が朝廷に恭順の意を表しつつ攘夷勅旨を素直に受け容れること。その呼び水として事前に慶喜を説得することであり、慶徳にはそれなりの自信があった。

だが、慶徳のこの思惑は見事に外れた。

この時慶喜は既に開国論思想へと大きく傾いており、慶徳の申し出を慶喜は頑なに拒み一歩も譲らなかった。

慶喜との対談を終えた慶徳は、この件で事前に同意を得ていた松平春嶽及び土佐の山内容堂、会津の松平容保《かたもり》等に、慶喜との対論の中身を伝えた。

「自信をもって臨んだのは私の不覚。延々激論に及び、あわや兄弟喧嘩になり掛けましたが、最後は止む無く此方から退き下がりました」

春嶽も容堂も慶徳の報告を意外な思いで受け止めた。

慶徳による此の度の慶喜説得には、勤皇・佐幕双方の各藩諸侯がそれぞれ大きな期待を寄せていた。

尊攘派諸侯の考えるに、兄慶徳の説得とあらば、如何に次期将軍といえども素直に耳を傾けるであろう。一方の佐幕派諸侯も、温厚な慶徳をもってすれば、きっと攘夷派を封じ込めてくれるに違いないと考えていたからである。

然し、結果的に慶徳は藩内外での自らの沽券に関わる一大恥を晒したことになる。

今回の如き事態が拗れる迄に伏線がなかった訳ではない。

実は、慶徳と慶喜の間には若き頃からの人知れぬ葛藤があった。

慶徳は水戸藩主・水戸斉昭の五男、慶喜は七男であったが、慶喜の母親が正室であるのに対し、慶徳の母親は側室であり、しかも慶徳が慶喜より僅か二ヶ月余り早いだけの同年齢、二人の関係はまことに微妙にして複雑なものであった。

慶徳は早くから斯うした悩みを抱え一人悶々と過ごしてきたのである。

「かつて松平春嶽殿より慶喜公の次期将軍就任につき打診されたことがありました。私はその折、これに暗に反対の意思表示をした覚えがあります」

春嶽は確かに頷いた。

「私はどうしても一橋を次期将軍に推すことができない。あの男には生涯を賭けようとするに何かが足りないのです。己の命と引き換えに事を成す度量に欠けていると思えてならないのです」

ふと春嶽に漏らした慶徳の独り言にも似たあの時の台詞を春嶽が果たして正確に聞き取っていたかどうか定かではない。

だが、此の度の激しく渡り合う二人を具に見た春嶽が、今は如何に捉えているであろうか。

奔放な慶喜と繊細な慶徳、見えざる葛藤の真因が何処にあるかは当人なればこそ分かろうもの、二人の胸深くを計り知る由もない。慶徳は自らの苦しい胸の中を他に明かせる筈もなく、況やお上の批判など許される道理もなかった。

十一月二十七日、勅使三条実美等が江戸城に入り、将軍家茂に攘夷の勅諚を伝えるのを見越して慶徳は直ちに江戸を離れた。

帰国途上の十二月十九日、慶徳は入京して諸公卿家を訪ね、江戸での状況を詳細に報告して回った。

この慶徳の実直にして真摯な振る舞いは公卿の高く評価するところとなり、以後の鳥取藩尊攘派に大きな期待が寄せられていくようになる。

慶喜との意見の食い違いが生じたことにより、内心「公武合体」論であった慶徳もこれ以後少しずつ尊攘思想に感化されていくようになる。

翌文久三年（一八六三）二月早々、恰《あたか》も上洛していた一橋慶喜に攘夷期限の上奏を早めるよう書状で促し、また朝幕間の周旋に進んで当たると、これに呼応するようにして、同じ二月、とうとう将軍家茂《いえもち》が当世の流れに押される形で、朝廷に拝眉すべく上洛の途についた。

三月四日二条城入りした将軍家茂が孝明天皇と初めて対面したのが三日後の七日、和宮の降嫁により既に公武の協調は叶っていた。数日後の天皇の加茂神社行幸に追随したその日は前夜から降り続く生憎の雨、社本殿入口中門にて天皇が鳳輦《ほうれん》より降りるや、家茂は真っ先に傘を捨て逸早く平伏してこれを迎えた。

慌てる臣下をよそに、水戸藩主徳川慶篤《よしあつ》もこれに倣《なら》い地に伏した。

率先して天皇に恭順の意を示そうとする将軍家茂に対し、幕府の権威を意識して少なからず朝廷との距離を保たんとする将軍後見職の慶喜。幕府最高位置にある二人の対応はあまりにも異なっていた。

鳥取藩主池田慶徳にとってみれば、この慶喜の姿勢は甚だ悩ましかった。

朝廷は翌四月、攘夷祈願の為、将軍家茂はじめ文武官等を随えて男山の石清水八幡宮に行幸する手筈を整えていたが、折から、攘夷派による将軍暗殺の噂が立った為、家茂は病と称してこれを辞退、その代理を務める筈の慶喜もまた行幸の途中で俄かに腹痛を訴えて京都に引き返してしまった。

これに憤慨した攘夷派の討幕思想はいよいよ決定的なものとなった。

斯うした情勢下、池田慶徳をまたまた大きな試練が襲う。

幕府が苦し紛れに約束した攘夷期限の五月十五日が迫るものの、一向に攘夷の動きを示さないでいる四月、将軍家茂不在の中で、幕閣が英国の脅しに屈して多額の賠償金支払いを余儀なくされるに至った。

この約束の履行には水戸藩主徳川慶篤が深く関わり、その責めを一身に受ける身となった為、図らずも弟の慶徳もまた苦境に立たされる。

慶徳は直ちに大坂滞在中の弟である備前藩主池田茂政《もちまさ》の留まる本陣に家臣を走らせて連携を図り、また、在京の家老和田邦之助と留守居役安達清一郎を公卿中川宮の許に使わせて攘夷実行のお伺いをたてるなど、汚名返上に躍起となったが、この難局を打開するには徳川慶篤の失態はあまりにも大き過ぎた。

「この上は、『直々《じきじき》幕府に攘夷決行を迫るしかない』という中川宮卿の結論をもって、我が同志・周旋方の大西清太《おおにしせいた》と探索方の伊吹市太郎《いぶきいちたろう》が直ちに池田茂政様に報告したのだが」

大西、伊吹とともに河田率いる二十二名烈士の一員である。

「だが、この旨を了承された殿に対し、側近の安達様がこれに早速異を唱え、殿に直接物申したのは実に驚きであった」

安達清一郎は鳥取藩元締め役の要職にあった安達辰三郎の息子で、大坂・江戸・水戸へと遊学し、特に水戸藩との関わりは深く、逸早く尊攘思想を鳥取藩に持ち込んだ人物、二十二名烈士の有力な後ろ盾でもある。

「殿が直々江戸に下って攘夷決行を迫り、万が一幕府がこれを拒んだとすれば忽ち幕府との深い溝ができてしまいます。ここは殿御自らではなく、先ずはご家老の荒尾駿河《あらおするが》様を用いて周旋に当たらせるが得策と考えますが」

この安達の上申に対し尊攘派の周旋方は、「幕府に迫るのではなく、飽く迄京に上って殿が直々朝廷に訴える」ことこそ上策と主張した。

この周旋方の具申に対し、今度は慎重派の黒部権之介・早川卓之丞等要職が反対意見を唱えた為、藩内は収拾がつかず、佐幕派と尊攘派との対立はいよいよ抜き差しならぬところまで進むのである。

「黒部殿等重役は、我等の声にまるで耳を貸そうとなさらない。飽く迄幕府方につくことを主張し、我等には恰も仇敵に接するが如き言い草、何とも腸《はらわた》が煮えくりかえる思いだ」

河田の開口一番叫ぶ言葉に佐善が続ける。

「我等が長州や薩摩等他藩の力を借りようと企んでおるのが余程お気に召さぬらしい」

これに渋谷金蔵が割って入る。

「それにしても、要職等は己の保身だけを優先し、何事もその場主義で事を治めようとしているではないか」

強く不満を吐くのは二十二名烈士だけではない。

佐幕派重役に対する家老・周旋方の側用人・側役等尊攘派の不満は日増しに強くなっていく。中でも、慶徳からの信頼厚い堀庄次郎は二度に亘って慶徳に謁見し独自で藩論統一を進言したが、家老・周旋方は怒りが収まらず、佐幕派との対決姿勢を鮮明に打ち出した為、藩内は一気に不穏な空気に包まれていった。

一方、長州藩は、将軍家茂が止むなく奏上した攘夷期限の五月が来ても一向に捗らない攘夷に業を煮やし、遂に米仏商船を馬関《ばかん》海峡で単独砲撃し、更に横浜でも米国艦隊に攻撃を仕掛けた。だが、六月には米仏軍艦の凄まじい反撃に遭って、あっさり敗退。この顛末が切っ掛けとなって幕府の長州に対する敵意は加速、ここぞとばかり倒幕派への攻勢を強めた。

同じ六月、度重なる黒船来航に対し、今度は鳥取藩が大坂天保山《てんぽうざん》にて英国船を砲撃するが、大砲の弾が敵船に届かずに終わる。

「我が藩は財政窮迫する中にあって、武器奉行・町奉行・郡代《ぐんだい》に野戦台場築造を申渡し、矢継ぎ早に合計八ケ所の台場を築造した」

誇らしげに語る鳥取藩であったが、攘夷行動を実際に示したのは結局、薩摩・長州、そして鳥取の僅か三藩に止まったのである。

「幕府があまりにも煮え切らぬ為、大庄屋や農夫達まで巻き込んで大砲を鋳造する洋式反射炉まで建設したのだが」

「これは、他藩でも肥前・薩摩・水戸と萩、幕府の韮山《にらやま》など僅かしかない」

「『真に御太刀はいらないものよ、どうせ攘夷はできはせぬ』か。流行り歌も乙なものよ」

河田が最後に言った。

「薩摩・長州の外はまるで足並みが揃っておらぬ。せめて我が藩だけでも意思を統一しておかねばなるまい」

藩内両派の行方を決定的なものにしたのは堀庄次郎と黒部権之介の長時間に亘る大論争であった。

文久三年（一八六三）七月二十一日、堀庄次郎が安達清一郎を伴い、側用人の黒部権之介邸を訪れた。

勤皇討幕の急進派である堀に対し、黒部は佐幕の守旧派、天子親征論に関して真っ向意見の対立する二人が激論に及んだ。

「我が殿が攘夷のご親征に反対を表明されていることが世に知れれば、殿のご名誉に傷がつき、併せて貴殿も汚名を着せられるは必定」

「尊攘に特段の異論はないが、さりとて幕府の鳥取藩に対する温情は頗《すこぶ》る厚い。たとえ、幕府に過ちがあったにせよ、我が藩はこれを回護し幕府の恩に報いるべきである。況《いわん》や公武が分かれて相争うは徒《いたずら》に天下を乱すばかり。我が殿の忠愛もここに存し、敢えて静かに情勢を見守ることこそ大事と心得るが如何か」

黒部は堀の尊攘論を真っ向否定した。

「忠愛とは心深く存するのであって、大義は成すべき務めでござる。大義を誤れば、同じくして忠愛をも失うことになる」

堀はすかさず斯う反論した。

「朝廷はただ浪士の説に惑わされて失態あるのみ。輔弼《ほひつ》する価値ありや」

「朝廷が惑うは自らの力が微弱の所以《ゆえん》であり、尊皇諸侯が朝廷に尽くし足りていない所為である。死力をもって尽くさずして朝廷頼むに足らずとはまことに無礼千万なり」

二人の激論は止まるところを知らず、時を経過しても遂に意見の合うことはなかった。

「貴殿の論理に間然する所なしと存ずる。然しながら、貴殿は自説を曲げず、決して和するところがない。説が合わねば、君命と雖《いえど》もこれに従わぬとするは不条理と申すもの。これ以上の議論には及ばぬ。いずれ処断するゆえその積りで居れ」

黒部は堀に向かって斯う言い残すとその場をさっさと立ち退こうとした。

その時、堀が言い放った。

「その意なら存分に処断されるがよい。正しいと判断した自説を隠してまで恣の権勢に迎合し、悪政に目を瞑《つぶ》ることに潔しとしないのである」

黒部権之介の存念は、池田藩の歴史を重んじ、徳川家より温情を受ける我が藩を只管守ることであり、一方で水戸学の尊攘思想を貫く水戸藩主斉昭を父に持つ慶徳の苦しい立場を知ればこそ、敢えて大事を取ろうとしたに他ならない。

一方の堀庄次郎も、今や殆ど統制の取れなくなった幕府を倒し、虎視眈々と狙う外敵から国家を救わんとの使命感に燃え滾《たぎ》り、先ずは何としても藩主慶徳を説き伏せなければならないと考えていたのである。

世情に流される形で天皇親征《しんせい》論が日増しに大きくなる中、いよいよ八月十二日、孝明天皇が大和《やまと》に行幸《ぎょうこう》して参拝し攘夷を親征するとの勅《ちょく》が出されることになった。然し、これに天皇自身が難色を示したばかりでなく、この攘夷親征の企画が三条実美等攘夷派の独断専行であったことが判明した為、数日後には密かに大和行幸中止の決定が下された。

この企てを逸早く察知した佐幕派が、偽勅だと触れ回って未然に天皇の行幸を阻止したのである。尊攘過激派が画策した天皇の攘夷祈願は失敗に終わったが、事はそれだけで終わらなかった。

「何と幕府方は、我が藩主慶徳公自らが二条家及び幕吏に通じ畏れ多くも此の度の天皇の行幸を妨げる愚行に出たなどと事実無根の文書を回付したのだ」

「我が殿に大和行幸を妨げるなどできよう筈もなく、また、藩主の威信を失墜させる重大事件であったにも拘わらず、黒部殿等がこの件を殿に一切お伝えなさらなかった。殿の温厚なお人柄をいいことに、我が藩内の重役達までもが殿を軽んじているのは断じて許されぬ」

この事実が判明した藩内はまさに騒然となった。そしてこの時河田は、黒部等藩内佐幕派重臣暗殺への思いを揺るぎないものにした。

そんな矢先の十七日未明、京市中二箇所に鳥取藩主慶徳を中傷する張り紙が出て藩内は騒然となった。鳥取藩士の医師勝部玄了《かつべげんりょう》が引っ剥がして持ち込んだ張り紙を見て、河田左久馬は激怒した。

「尊皇攘夷の旗幟《きし》を鮮明にせぬと殿を中傷するのは許しがたきこと。そればかりか、今般の大和行幸を妨げる暴挙、幕威挽回《ばくいばんかい》の謀《はかりごと》を廻《めぐ》らすは天誅に値せり、逆族の汚名は後世にまで残る……などと」

「そうだとも、『水戸烈公の神霊に免じて死一等を減じ、その首を預け置く』などと無礼千万この上ない。斯うした張り紙が出回るのも、常日頃、黒部等重役達の主君軽視に因るもの。ここに至っては、もはやお命頂戴するのみ」

幕末の京都

鳥取藩邸は、油小路中立売にあったが、手ぜまのため、北野天満宮の松梅院を宿舎とした、文久3年には本圀寺を宿舎とした。

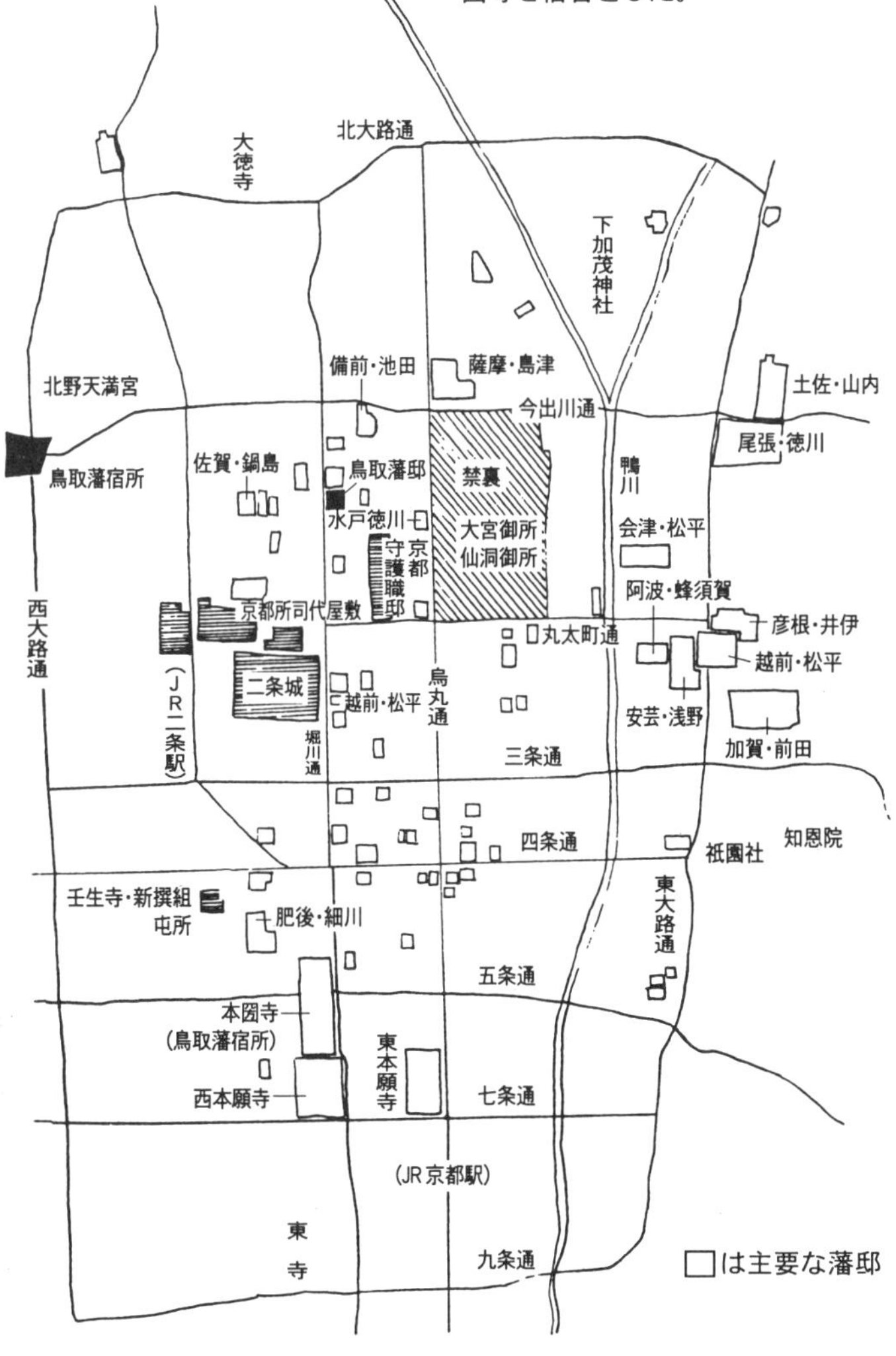

斯くして、河田左久馬等二十二名は密かに安達清一郎邸に結集し、その夜遂に京都本圀寺への討入りを決行、その夜の中に二名を殺害、二名を切腹に追いやったのである。

たった一人の逃亡者 ――大政変の陰に――

文久三年（一八六三）八月十七日夜。首尾よく討ち果たした二十二名が、藩主池田慶徳《いけだよしのり》公の沙汰を受けるべく、ひとまず謹慎先の知恩院内良正院《ちおんいんりょうしょういん》へと向かう折、突如未明の闇夜を裂く一発の大砲音が耳に入った。けたたましい声と怒号が渦巻く中を、やがて赤い炎が御所前の空高く立ち上った。

薩摩・会津両藩及び淀藩が御所全門を閉鎖して中川宮《なかがわのみや》・近衛《このえ》・二条《にじょう》の外は通さず、三条等の尊攘派・長州派公家衆の締め出しを図った公武合体派による長州藩攻撃であった。公家には二派の対立があり、三条実美《さんじょうさねとみ》・鷹司輔熙《たかつかさすけひろ》等の討幕派と近衛忠熙《このえただひろ》・二条輔熙《にじょうすけひろ》等の公武合体派とに分かれていた。

討幕派は長州藩が、公武合体派は薩摩藩が後ろ盾であった。

この事件は、益々激化する討幕運動を背景として、長州藩士達が長州系公卿と孝明天皇の攘夷親征の勅を得ようとした先の大和行幸捏造に起因する。

これを偽勅と知った薩摩藩、会津藩等が御所全門閉鎖の儀に及び、この時異変に気づいた長州藩と御門前にてあわや一戦を交える極みに達した。

文久三年（一八六三）八月十八日、世に言う八月十八日の大政変であり、翌十九日、三条実美等公卿七名が、長州藩士千余名にも及ぶ同志達に守られて京を離れ、長州へと落ち延びていく、巷間、これを七卿落《しちきょうお》ちと呼んだ。

この前夜に起きた本圀寺事件と恰も同時刻、同じ京市中にて天誅組三十余名による大和五条代官所襲撃事件『天誅組《てんちゅうぐみ》の義挙』が起こったが、互いに、その事実を知る由もなかった。

良正院にて謹慎の身となった河田左久馬・佐善元立・加須屋右馬允・渋谷平蔵等二十二名は京都伏見藩邸に一旦預かりとされるが、この時一名が欠けていた。二十二名が事件後良正院へと向かう明け七つ頃、京都御所近辺にて俄かに騒がしく明らかに異変が起きたことを知り、具《つぶさ》に状況を探るよう頭首河田左久馬に命じられた新庄常蔵貞老《しんじょうつねぞうさだとし》がただ一人一行を離れて直ちに御所方角へと向かった。そして新庄はそのまま市中に紛れて戻らず、町の情勢を具に見ながら、密かに幕府方の様子を探った。

だが、真相を知らされていない二十一名の同志達は、一向に戻らぬ新庄に不信感を募らせ、遂には、新庄が切腹を恐れて逃亡したと決めつけあからさまに批判する者さえいた。

然し、河田が新庄に命じた本当の役目は市中見回りではなかった。

法に背き同じ藩の重臣を斬殺した二十二名烈士の罪は重く、これまでの前例からして切腹は免れ得ないところ。そこで新庄を逃がし、同志切腹、お家断絶後の遺族達への支援をこの男に託そうとしたのである。

この時、新庄三十六歳であった。

逃亡直後、夜陰《やいん》にまみれて易者に扮し、間もなく池田謙斎の偽名で、かつて安陪良亭に学んだ医術を用いて医者に扮しつつ時の情勢を窺っていた。

そんなある日、町人姿に身をやつしているのをとうとう幕吏《ばくり》に見破られたが、祇園を通り抜け、幼馴染みで清元《きよもと》の稽古仲間であった先斗町《ぽんとちょう》の吉乃の家に危うく駆け込むことができた。

「お前に迷惑が掛かってはいけないと、今日までここに足を運ばずにいたのだが、此の度は本当に助かった。ここで幕吏に捕らえられれば、その場で斬られたやも知れぬ。討ち入りの同志達から離脱したとなれば、既に私の身柄は鳥取藩のいずれの側にも属さず、如何様に処断されても致し方なかった」

「何て水臭いことをお言いやすのや、いち早く来てくれるとばっかり思うとったんえ。それにしてもこないに追い詰められはって」

吉乃は既に師匠としての看板を掲げ、京の一角に居を構えていた。

「いつかは斯ういう時が来はるもんと覚悟してたんや。でも、ようご無事で！　わて疾うに覚悟できとったはずやったのに、今斯うしてあんたと一緒におるやなんて、まるで夢みたいに思えてまんねん」

「それにしても、お前がここに居を構えてくれていなかったら、どう致したであろう」

新庄は思わず吉乃の肩を抱き寄せた。

「これで少しの間は寛げるというもの」

「少しの間ってどへんことどすん？」

「我等の起こした事件は重大で、まさに切腹か否かの瀬戸際、況して離脱したとなれば幕府、我が藩いずれからも狙われて致し方ない身。ここもいつ何どき捜索が入るやも知れぬ」

「そないら、わても一緒に」

「お前には生き延びて私の供養を頼まねばなるまい」

「まあ、なんて縁起でもないことをお言いやす。あんた一人で死なせるなんてできしまへんえ。あんたの為に死ねるならわてでも本望どす」

その時、軒先の風鈴が揺れた。

「風が出てきましたのやろか。それとも」

吉乃の顔が途端に引きつった。

外の様子を窺おうと立ち上がり掛けた吉乃を新庄は手で制した。

「心配は要るまい、ただの風であろう」

そう言うと新庄は吉乃の身体を引き寄せた。

「河田殿に命じられるまま同志から離れたものの、この先の行方も知れぬ」

「河田様のご命令とあればお断りもできまへんやろけど」

「断っていれば、万が一の折の同志達家族の面倒は誰が見たであろうか」

「しんどいお立場どすなあ。河田様は、きっとあんたでなければできぬとご判断されたさかいでっしゃろ」

「果たしてそうであろうか、仮にそうであったにせよ、いざ間に合わぬ折は皆と一緒に切腹することも叶わぬのだ。然して何ゆえ私が選ばれたのか――」

「あんたが不憫でならへん、わてよう顔見まへん」

すっかり打ちひしがれる新庄の姿に、吉乃は嗚咽した。

「今晩はよう追手も来まへんやろさかい」

そう言うと、吉乃は袂で涙を拭いながら酒肴の用意に向かった。

「そうさな、これが別れの盃となるやも知れぬしなぁ」

「何てこと言いおすのや。ほなあんたが可哀相過ぎる。このわてにかて、そりゃあんまりちゅうもんどすえ」

背を向けたまま言い放つ吉乃の身体が小刻みに震えていた。

「いや済まぬ、私はきっと逃げ通してみせる」

銚子を下げて戻る吉乃の顔に思わず笑みが零れた。

知らず降り出す雨の音を虚ろに聞きながら、暫く語り合う影がいつしか重なり、まどろみの中にゆっくりと夜が明けていった。新庄の視界にぼんやり映る吉乃は既に朝餉の用意に取り掛かっていた。

新庄は僅か三日で吉乃の家を離れ、その足で急ぎ長州藩邸へと向かった。

門は固く閉ざされ、前の通りはいず方とも知れぬ武士の往来頻りである。

これが幕府方の偵察部隊、隠密剣士となれば、直ぐさま素性を調べ上げられ、たちどころに捕えられてしまうは必定《ひつじょう》。

その時、新庄の物腰を察した一人の武士がやにわに近づき、新庄の横に並んだ。

思わず身構える新庄に、武士の方は目を合わすことなく、その場で囁いた。

「怪しい者ではない。私は鳥取藩・門脇少造《かどわきしょうぞう》と申し、貴殿を守る為にここに来ておる」

門脇少造と聞いて、新庄の顔が途端に綻んだ。

鳥取藩周旋方として間もなく京都詰が決まっており、今は名を少造と改めた門脇重綾《しげあや》、藩主池田慶徳の信任頗る厚く、藩校尚徳館《しょうとくかん》の国学教授に迎え入れられた人物である。これまで言葉を交わさずとも、その顔に見覚えはあった。

「ここは如何にも危ない。さあ、逸早くこの場を抜け出そう」

「先程から何者かに付けられておる。まさに地獄に仏とはこのことか」

勤皇の志士達と早くから交わり、公卿や長州藩士との繋がりの深い門脇重綾もまた、新庄同様、幕府からつけ狙われる身であった。

京都にて謹慎中の同志頭首格の一人、佐善元立とは鳥取の松下村塾と称される景山塾にて共に学び、鳥取藩校尚徳館を経て同じ勤皇の道を歩んでいる。

その佐善元立の計略により一行から離脱した新庄は、文字通り、佐善同胞の門脇に救われた。

「ひとまず、私の家へ」

「かたじけない」

二人が踵を返すと、途端に数人の武士が距離を置いて二人を見守った。

「なるほど、つけ狙っていたのは一人ではなかったのか」

新庄は思わず身震いした。公卿にも近い門脇にはさすがの幕府方もおいそれとは手が下せない。緊迫した空気を肌で実感した新庄は、もはや吉乃の許へは戻れぬと観念した。

その夜、新庄は、門脇邸で、門脇の一つ年下の妻・多計子《たけこ》を紹介された。

多計子は、何かと制約を受ける重綾に代わって、密かに長州藩や今謹慎中の因藩同志達との繋ぎ役を担っていた。

「この先機会あれば、我が妻と連絡を取り合って欲しい」

「承知した。然し、この厳しい警戒の中ではどうにも動きが取れぬ」

「我が家も既に探索方が入ってきておる。もはや妻の生命さえ危うい」

本圀寺討入りの際、二十二名烈士中の一人奥田万次郎が本圀寺事件三日後に自ら命を絶ったことをここで初めて門脇から知らされた。

「奥田殿は、黒部権之介殿を師と仰ぎ、父とも思い慕っていた。その恩人ともいうべきお方を心ならずも斬殺してしまった自責の念に駆られたのであろう」

最も気が合った同志。新庄の胸は、はち切れんばかりであった。

あの時、吉乃の家で聞いた風鈴の音は、別れを告げに訪れた奥田の囁きであったか。

「それにしても、よく実行に及ばれた。然し、これからが大事、貴殿には何としても生き延びて貰わねば」

「実は、私にはもう一つ別の役目があります」

「別の役目とは？」

「今ここで我等が切腹して相果てれば、初めに企てた大義も叶わぬ。河田等同志の助命嘆願を得るにはどうしても大枚の金子が入り用なのです」

門脇は新庄のこの唐突な言葉を意外な表情で受け止めた。

「貴殿等のご赦免が叶うよう我等もでき得る限りお支え申す。然し事は此の度の討ち入りに対する双方の言い分に尽きるゆえ、何とも申しかねるが」

「如何にもその通りとは存ずるのだが」

新庄自体の気持ちも内心複雑であった。

新庄は翌早朝、門脇邸を離れ、再び市中にまみれた。

これより暫くは京のはずれの名もない橋の下に身を隠すなどして逃れ、いっ時は医者に扮するなどして繕うが、いずれ見破られるは必定。易者もまた幕府方探索の的であった為、決意して泉州に出て、そこから堺へと逃れる手筈とした。

以後、新庄はたった一人の逃亡生活を余儀なくされる。

本圀寺事件後、池田慶徳が下さんとした裁定は『全員切腹』という極めて重いものであったが、藩内尊攘派重臣達がこれに強く反発、更に勤皇方公卿が後ろ盾についた為、慶徳も最後の沙汰を決めかね、結論はとうとう翌年まで持ち越されることになった。

事件後、奥田が自刃し、新庄が脱落して二十名に減じた為、巷間『因藩二十士』と呼ばれるが、命を賭した二名の名誉を復帰させるべく、以後『因藩烈士《いんばんれつし》』と称される。

だが、このままでは、因藩烈士に再び過激な行動が生まれかねないとして、翌元治《げんじ》元年（一八六四）五月、改めて支配頭・加藤金右衛門の配下に編入するべく申し渡される。

落花流水　――本圀寺事件あと先――

因藩烈士が黒坂へ幽閉される直前の元治元年（一八六四）六月五日、京都三条小橋の池田屋で事件が起きた。

勤皇派密議の情報を事前に知った幕府側新選組が近藤勇を頭に押し寄せ、一気に部屋に攻め込み、結果は凄惨な場と化した。

数名が殺害されたが、この時長州の桂小五郎（後の木戸孝允）と黒坂移動を直前にして謹慎中であった河田左久馬の二人が約束の刻限に間に合わず、未だこの場に到着しておらなかった為難を免れた。

この池田屋事件を機に、長州藩が攻勢に出て京都を取り巻き、七月に行動を起こすが、初め勢いのあった長州藩も多勢の幕府軍の前には一溜りもなく、大勢は僅か一日で決することになった。

この戦いで、京の町は火の海と化し、数日に亘る炎上により、二万八千軒の家が焼け落ちた。

御所の西側に当たる蛤御門の辺りでの攻防が特に激しかったが故についた別名『蛤御門《はまぐりごもん》の変《へん》』とも言われるこの『禁門《きんもん》の変《へん》』以後、長州は、朝廷を無視した暴挙との理由で、朝廷からの追討令が出されてしまう。

ここに位置する御門は普段閉ざされたまま決して開くことがなかったが、京市中の火災により、街中に一番近かったこの御門が突然開かれ、町人が御所内に逃げ込んだ。蛤御門という名称は、蛤を火に入れると、ぱっくりと口を開け、その様が似ていることに由来する。

この事変前日、長州の桂小五郎は、河原町の長州藩邸を出て一条油小路《あぶらのこうじ》の鳥取藩邸に身をおき、鳥取藩からの御所攻めの合図を待っていた。

だが夜が明けても連絡が来ないばかりか、長州藩と与《くみ》していた筈の鳥取藩が土壇場になって長州の動きに同調せず、退いてしまったのである。

慌てて有栖川宮邸に出向くも、反対に鳥取藩から「御所に向け砲撃する如き此の度の暴挙」と詰問される始末。桂は、この時、鳥取藩にすっかり裏切られたと思い込んだ。

これには訳があった。河田等は勢いに乗じる長州がここで一気に攻勢に出る絶好の機会とみて、長州の支援に回る手筈であった。

だが、思わぬ反対者に長州加担を妨げられることになった。

堀庄次郎は想像もしない言葉を口にした。

「いくら攘夷とはいえ、御所に向けて発砲するはあまりに不敬である。長州を一歩たりとも中に入れてはならぬ」

その時渦中にあった河田は驚愕した。

「何ゆえ、阻止なさるのか？」

「分からぬか、ここで長州を踏み込ませれば、我が藩まで朝敵と見なされてしまうではないか。この場は決して長州を援護してはならぬ」

河田にとってはまさに青天の霹靂。況してや、桂小五郎と示し合せて長州への加勢に臨もうとしていた矢先だった。堀の恫喝とも思える激しい口調に河田はすっかり気を殺がれ、遂にこれに従わざるを得なかった。

畢竟《ひっきょう》、河田は桂との固い約束を反故にしてしまったのである。

更に追い討ちをかけるように、前年の長州の外国船砲撃に対する報復として、米・英・仏・蘭の四国連合艦隊による長州攻撃が実行された為、長州は大打撃を被り一転して窮地に立たされる。これを機に、尊皇攘夷派の勢いは坂を転げ落ちるように衰え、反対に幕府の圧力は一気に増していった。

「だが、七月の禁門の変では不可解なことがあった。あの時火事が起こり六角獄舎《ろっかくごくしゃ》に迫る勢いであったとか。重罪人を収めた六角獄舎に火が及ぶのを恐れた京都町奉行の官吏が、罪人三十三名を斬首してしまった。この中には生野事変の平野国臣殿や池田屋事変の捕縛者も含まれており、我が藩士も断罪に処されたと聞く」

「おお、そうだとも。我が藩の同志も斬首された。新選組の仕業とも言われたが、あの時新選組は別の場所にいて到底関与などできなかった筈」

六角獄舎は平安時代に設けられて後、幾たびかの移転を経て中京区六角通りに定まったもので、正式には『三条新地牢屋敷』と称し、安政の大獄では尊攘急進派志士が捕えられここで処刑された。また山脇東洋が京都所司代の許可を得て、死刑囚を用いて我が国で初めて人体実験を行った場所でもある。

　因藩烈士には、多分に切腹の二文字が閃いた。

　禁門の変に伴い生じた大火は、その勢いと、その折の市街戦で鉄砲の音頻りであったところから「どんどん焼け」「鉄砲焼け」などと呼ばれた。

「結局火の手は獄舎にまで伸びずに済んだ。まさに、謀られたとしか言いようがない。何が仕掛けられるか分からぬご時世。まことにおぞましいことだ」

　八月に入り、因藩烈士に日野郡《ひのぐん》黒坂《くろさか》表詰《おもてづめ》の命が下された。

　黒坂を流れる日野川の中流域に根雨《ねう》の宿場町がある。日野川を遡る出雲街道は根雨から四十曲峠《しじゅうまがりとうげ》を経て備前・備中にまで通じ、松江藩の参勤交代の道として茶屋本陣も置かれる交通要衝の地。この黒坂、根雨一帯の支配は慶長年間の関長門守《せきながとのかみ》一政《かずまさ》に始まり、豊富な砂鉄が採れたことからタタラ製鉄が隆盛を極めて全域が潤いこの時に至る。

　未だ切腹、赦免いずれの沙汰も出ておらず、討たれた側の黒部権之介、早川卓之丞、高沢省己、加藤十次郎四名の遺族等もこの隙に仇を討たんと躍起になっていた。

　一転して狙われる側となった二十名だが、新たな幽閉先黒坂では治外法権の如き自治区での自由な扱いとなり、普段の生活も思いの外束縛が緩いばかりか、黒坂詰警護班武士によって身の安全を守られていた為、他藩尊攘派同志との連絡は容易に取ることができた。

　これに乗じる河田は囚われの身ながらも幾度となく黒坂を抜け出て京へ上り、長州・土佐尊攘派同志達との連絡を密にした。

時に危険な目に遭うこともあるが、河田の与えられた使命は他藩尊攘派達との打合せであり、果ては討幕への思いである。

代々鳥取藩伏見留守居役を務める河田家にあって、父景介と共に長く京に留まっていた河田は周旋方として各藩との関わりも多く、折衝力にも長けていた。

黒坂を抜け出て長州・土佐等との連絡を取る役に河田は打ってつけであった。

間もなく黒坂にはすっかり秋の気配が漂い、奥深い泉龍寺の周りは木々の葉が少しずつ色づき始めていた。

和尚からの差し入れの酒を酌み交わし、火鉢を囲むようにして会話する同志達の声が開け放した部屋からひっそりした本堂へと微かに漏れて出る。

ここで河田から初めて新庄離脱の真の目的を聞かされると皆一様に驚いた。

「新庄は、事件後の市中において、幕吏の追跡を巧みに逃れ、初め易者に、時に墓守の老人に扮装し、泉州から堺に逃げ延びたところでは町医者に扮するなどして身を隠しているようだ」

「我等への沙汰も決まっておらぬことゆえ、何とか逃げ通して欲しいものだが」

「我等のこの先も如何相なるやら計り知れぬ」

渋谷平蔵の言葉に吉田直人が続いた。

「また斯うして今宵も月を見るか。この切ない月を新庄は一体何処にて如何に眺めておるであろうか」

徳川、水戸の壮絶な争いの狭間に立たされる鳥取藩。既に埋めようもない程に深まった慶喜との溝に慶徳はなす術もない。

「殿は既に進退伺いをお出しになられたと聞く」

河田の言葉に皆が一斉に顔を上げた。

「我が藩はいよいよもって難しい立場に置かれることになる」

加須屋の言葉が一同の心に沁みた。

「我が藩の内紛が今や表沙汰になったとすれば我等にも大いに責任がある」

烈士には、本圀寺事件の顛末が慶徳の立場を一層危ういものにしたという負い目があった。

そしてその年九月、堀庄次郎が鳥取藩急進派の沖剛介《おきごうすけ》、増井熊太《ますいくまた》によって暗殺された。長州追討の中止建白を藩主慶徳に否定されたのを機にいよいよ討幕に慎重姿勢を見せるようになった堀を、『さては堀の心変わり』と信じ込み犯行に及んだものであった。

かつての激論で黒部が主張した自重説を図らずも此の度は堀が採用した。

それを『堀の変節』と見なした尊攘過激派の手により堀は殺害されたのである。

大事な後ろ盾を失った因藩烈士の落胆は計り知れなかった。

「堀様は、禁門の変以降、幕府方の擁護側に寝返ったとの噂が絶えず、その為、過激派志士が強行に出たのだ。確かにこの頃は討幕一辺倒ではなく、事ある毎に公武合体を口にされるようになられた」

「今動けば却って賊軍の汚名を蒙り《こうむ》、大義が果たせなくなるとのお考えであったと見るが、一部過激派の目には、如何にも心変わりと映ったのであろう」

堀庄次郎暗殺の報を聞くや藩主慶徳は激怒し、直ぐさま厳重な警戒体制を敷いて暗殺者を直ちに切腹させるとともに尊攘派藩士の重要任務を悉く免職処分にした。この時、切腹の命により自刃した沖剛介二十二歳、江戸齊藤《さいとう》弥九郎《やくろう》道場にて剣術を学んだ増井熊太と共に散る短い生涯であった。

更に追い討ちを掛けるように、十一月になって、鳥取東館新田藩《とっとりひがしやかたしんでん》の池田仲立が藩内の尊攘派を牽制する目的で、既に六月自刃していたことが明かるみになった。東館新田藩は、鳥取西館新田藩《とっとりにしやかたしんでんはん》（若桜《わかさ》藩）と共に鳥取藩を本家とする支藩で鹿奴《しかの》藩とも称し、実際には領地を持たず鳥取藩から蔵米の支給を受ける立場にあった。

この仲立の死に黒部等重臣遺族達は驚きを隠せなかった。

「伊勢守様は我等遺族をわざわざ邸宅に招き、『貴殿等の無念は察するに充分余りある。だが、時節柄を弁え、何より国家と藩を優先し、忍び難きを忍んで仇討ちを控えて欲しい』と直々に慰労してくださった」

遺族等は過去を偲びながら号泣した。

「同じ藩内にありながら、思想が異なるとして斬殺に及んだ行為は許されるものではない。徳川家の温情を頂き、公が幕府を容認なさるお立場にあるのを承知しながら、己等の思想に反するとして斬殺に及んだ本圀寺の一件は暴挙以外の何物でもない」

そんな遺族等の胸中に反し、藩主慶徳は間もなく因藩烈士に死一等を減じる沙汰を出したばかりか、討たれた重臣側に対しては、『藩の浮沈を担う重責にありながら近臣を束ね損なった不始末がある』として謹慎を申し渡した。

一方の因藩烈士にも不満が残った。

「黒部等に斯く厳しい処断がなされたというが、それは表向きであって、その実は違っており、別の達しで『此の度の事件で遺族の無念は重々分かるが、呉々も私怨なきように』との内々の見舞いが遺族側に伝えられているそうだ」

討った側、討たれた側双方の怨念は限りなく続くのである。

その後も、藩主慶徳は世情の動きに同調することをせず、烈士の切腹には頗る慎重であった。

それは尊攘派の衰えがほんのいっ時のことで、幕府の安泰が決して長続きしないと予見していたからであり、また英国を中心とする諸外国の動きが水面下にあって甚だ不穏であることを慶徳なりに実感していたからである。

それは取りも直さず、将軍慶喜を中心とした幕制に対する不信感に他ならなかった。慶徳は鳥取藩主になって以降、父斉昭に日記を書き送り、いちいち藩政についての意見を求めていた。だが、討幕へと大きく傾く時代の趨勢は、将軍の兄という立場をより窮屈なものとし、皮肉にも鳥取藩と慶徳自身を縛りつけることになる。慶徳は次第に病に伏せがちとなり、国事への関わりからも少しずつ遠ざかっていく。

そんな藩主の心の隙間を縫うように、やがて家臣達は慶徳の思惑を超えたところで徐々に勝手に動き出すようになる。

「まるで殿の御心を慮《おもんぱか》るかのように目一杯蜩《ひぐらし》が鳴く。城外遠くせせらぐ川の音も俄かに大きくなるように思える」

加須屋の感慨深げな言葉に続く者はない。

恰も夏の名残を留めながら一片《ひとひら》の花が音もなく舞い落ちる。

落花は時に段差に吸い込まれて早く、また緩やかに流れて、その行き着く先も知れず。依然として処遇の定まらぬ烈士達の気持ちは揺れる。

「前年文久三年は二月の『等持院《とうじいん》事件』に始まり、八月には我等が本圀寺に討ち入った。そしてまさに同日『天誅組の義挙』『八月十八日の大政変』、また、この大政変に絡んで十月に但馬生野で起こった『生野《いくの》事変』と攘夷派の事件が相次いだ」

「それは今年になってもなお続いておる。一月の薩摩商人雇船を襲った『加徳丸《かとくまる》事件』は凄まじかった」

薩摩が攘夷を唱えながら外夷《がいい》と通商している事実に怒りを覚えた長州攘夷派が薩摩商人雇船を襲撃して商人を殺害、積荷を船もろとも焼き尽くした加徳丸事件。これら事件の殆どに少なからず鳥取藩士が絡んでいた。

河田は更に述懐する。

「かの生野事変では我が藩士松田道之《まつだみちゆき》、横田友次郎、大村辰之助等が平野国臣《ひらのくにおみ》、原六郎《はらろくろう》、北垣国道《きたがきくにみち》等に同調して行動を共にしている」

「過日の佐久間象山《さくましょうざん》暗殺もその一つ。我が藩の前田伊右衛門、隠岐国出身で平戸藩士松浦虎吉、熊本藩士河上彦斎《かわかみげんさい》等の手によって三条木屋町にて殺害された」

信濃国松代藩士にして佐藤一斎に朱子学を学び、かつて吉田松蔭と共に密航を企てるも失敗したこの佐久間象山暗殺の報は各地の尊攘派に大きな衝撃となって伝えられた。勝海舟の妹『順』を娶《めと》っており、海舟とは義兄弟の間柄であった。

米子を本拠とした急進尊攘派「探索組《たんさくぐみ》」の動きもまた凄まじく、境出身で輪王寺宮（後の北白川宮）の坊官・今小路範成を開国論者として暗殺。元治元年五月には、境港を基地に長崎で外国貿易を計画した越後新発田の文人で浪人医師の佐々木全斎《ささきぜんさい》を外国との密貿易に関わったとして斬殺している。

尊攘に名を連ね、何かと難しい位置に立たされる鳥取藩は、成り立ちからして、まさしくその運命にあった。

生野事変の首謀者の一人北垣国道は、この後鳥取へと脱出し難を逃れるが、生野事変の同志・松田道之の推挙によって鳥取藩士となる。北垣は勝海舟に知己を得て、土佐の坂本龍馬とも交流を図り、龍馬が頻りに主張する蝦夷地への移住を共に模索するようになる。

この北垣を江戸でいっ時匿ったのが千葉定吉《ちばさだきち》道場の跡取り千葉重太郎《じゅうたろう》であり、この重太郎を介して龍馬と河田が出会うのもまさに天命である。

河田が坂本龍馬、北添佶摩《きたぞえきつま》等と蝦夷地開拓を謀るのもこの頃だが、思わぬ池田屋事件で構想は呆気なく頓挫する。

元治元年師走十五日、長州藩内における粛清から逃れ、平尾山荘の野村望東尼《のむらぼうとうに》の許に潜伏していた高杉晋作が藩内保守派を倒す為、功山寺《こうざん》において挙兵した。一見無謀とも思える挙兵であったが、高杉にはそれなりの信念と覚悟があった。

『生きていればこそ成し得る業があるならば生きるもよし、死をもって報いるに値する業あれば身命を賭するもまたよし』

恩師・吉田松陰のこの教えがあったればこそ、大きな仕事を実践することができたもの。晋作は、師の言葉を重く受け止め、まさに身をもって実行に移したのである。

「高杉殿のこの固い信念があったればこそ、井上聞多《いのうえもんた》殿・品川弥二郎《しながわやじろう》殿等がこれに呼応したと言えよう」

佐善が言うと、すかさず河田が続けた。

「間もなく周辺領民による義勇兵の集結が叶い、奇兵隊《きへいたい》に続いて諸隊が立ち上がったそうだ。奇兵隊は前年に創設されたが、これには長府の豪商白石正一郎《しらいししょういちろう》が深く関わったと聞く」

白石は回船問屋を営む豪商で、家業のかたわら国学を学び勤皇の志厚く、文久三年（一八六三）六月、高杉晋作が馬関《ばかん》防備の為萩から下関に来るや、真っ先に訪れたのが白石邸であり、ここで奇兵隊が結成されたのである。

「白石自らが弟廉作と共に入隊し、経済の支援に尽くした。長州藩の高杉晋作、久坂玄瑞《くさかげんずい》、木戸孝允《きどこういん》、伊藤博文、山県有朋《やまがたありとも》等の外、坂本龍馬、西郷隆盛、平野国臣《ひらのくにおみ》殿等がこの門を潜り、その数実に四百名にも及んだとされておる。坂本龍馬殿が薩長和解を図ったのもこの白石の屋敷内であったという。その甲斐あって、遂に正規軍を打ち破ることができた」

河田は既にこれら同志の何人かと面識があった。

「この戦に端を発した長州藩内での一連の紛争で藩内の意思統一が図られた。この後長州は討幕一辺倒へと傾いていく。我が藩は未だその域に程遠い」

一同の目が一斉に輝く。更に河田は続けた。

「私はある時、『生野の変』で幕吏から追われ、その後我が藩に編入した但馬の北垣国道を紹介された。今は萩の明倫館《めいりんかん》にて密かに討幕を企んでおる」

「松田の働き掛けで我が藩士になった男だな」

「佐善はまだ会うておらぬか？」

「話だけは聞いて存じておる」

「この北垣は実に明敏な男で、勝海舟殿の下で坂本殿等と知り合い、共に大きな構想を描いたが、先の池田屋事件で棚上げにせざるを得なくなってしまった」

「その大きな構想とは？」

加須屋が訊ねた。

「それは蝦夷地開拓という遠大なもの。土佐の坂本殿は頻りに私に会いたがっていたようだが」

この話はこれで終わったが、烈士達には思い思いの夢が広がっていく。

そんな情勢下の明けて元治二年（一八六五）一月十七日、土佐を脱藩した中岡慎太郎が、米子でかつて桂小五郎を匿ったことのある村河直方《むらかわなおかた》との密談を終え、その足で黒坂にいる河田左久馬の許を訪れた。

「世情は、もはや一刻の猶予もならぬ事態に至っております」

「坂本殿はどのように臨もうとしておられるのですか」

「我等は既に土佐藩を離れており、今や少ない脱藩組と連絡を取りながら、他藩の勤皇派同志との歩調を如何に謀るかで日夜悩んでおります。然し、新選組を筆頭に勤皇派を付け狙う幕府方が横行しており、まことに気の休まる時はございません」

「今こそ我等も動かねばならぬ時期と心得ますが、幽閉の身では如何ともしがたく」

「坂本も河田殿等に大いに望みをかけております。薩摩では晴れて西郷吉之助殿も動き出しておられる」

「それは何とも心強い」

河田は前年既に、黒坂を抜け出して米子の村河宅を訪れており、一部長州藩士等との会合も終えている。

「桂殿は、禁門の変の折のいきさつを既に許されている模様です」

河田は禁門の変の際、鳥取藩の方針が一転して幕府方擁護に翻った為、深手を負った桂を助けることも叶わず、また、その後の討幕決起にも同調できなかった責めをずっと引きずっていた。

「如何に大義とは申せ、御所に向かって鉄砲を向けた長州勢の行為が暴挙と見なされ、流石の我等鳥取藩もあの時ばかりは長州と対峙する側に回ってしまったのです」

「いずれ江戸は戦場と化すでしょう。貴殿等の力を一刻も早くお借りせねば。今もなお長州方は貴殿等の合流を心待ちにしておりますぞ、無論我が土佐も」

中岡の言葉に河田は目を輝かせた。

「この情勢では、河田殿等がいよいよ苦境に立たされるは必定」

「いずれご沙汰も出るでありましょう。我等も必ずや馳せ参じますゆえ、どうぞ、お仲間にその旨お伝えくだされ」

「しかと承った」

二人は互いの意志を確かめるようにして固く両手を握り合った。この時、中岡は長州の高杉晋作から譲り受けたベルギー製拳銃一丁を河田に贈った。

中岡の情報により改めて緊張が走るものの、一同には併せて焦りも加速した。

「中岡殿がわざわざ斯うして黒坂を訪ねて来られたのも、並々ならぬご決意があったればこそ」

河田は同志達にこの会談内容を詳細に伝えた。

「幕府方の攻勢が勢いを増している」

「土佐の脱藩組や薩摩・長州勤皇派の志士達も追い詰められ、もはや一刻の猶予もならぬ」

佐善は事の重大さを改めて一同に認識させる意味で、敢えて河田の言葉を復唱した。依然として黒坂幽閉が解かれぬ中で、詫間樊六は度々橋津に出向いて知己の回船問屋・天野屋に金銭の支援を仰ぎ、他の同志も身につけた工芸技術を駆使するなどして生活費を補填するに努めた。

一方一人脱走を続ける新庄は堺の町はずれに身を潜めていた。

門脇からの連絡も絶えて久しいある夜遅く、新庄の許を前触れもなく訪れた者がいる。

雨戸を小さく叩く音に新庄は一瞬身構えたが、雨戸を通して告げるその声に驚き慌てて開けると、そこには思いも掛けぬ河田左久馬の姿があった。

新庄は慌てて河田を招き入れた。

「実に久方振りであった。さぞかし苦労しているであろう」

新庄は咽んだ。

「私は同志のことをただのいっ時も忘れたことはありません」

それは恰も同志達の気持ちを確かめんが為とも思えた。

「我等とて同じ、お主のことを一度たりとも忘れたものか」

新庄は咄嗟に俯き唇を噛んだ。

「お主のことは逐一門脇殿から聞いていたが、近頃はとんと情報も入らず、矢も楯も堪らずに駆けつけたのだ。私がここに現れたと幕府方に知られれば、彼等はきっと捕えることはせず、立ち所にこの場でお主ともども斬殺に及ぶであろう。もはや我等二人は重大な犯罪人となっているのだ」

新庄は急いで酒の支度をした。

「これは私が診ている患者達から寄せられたもの。日頃の生活に必要な物は何でも手に入る。食べ物と酒には全く不自由したことがありません」

笑いながら盃に注ぐ新庄の顔に、すっかり生気が漲っている。

「今斯うして河田殿と向かい合《お》うているなど夢の如く。まこと地獄で仏に会うた思いだ」

「まことに相済まぬ。お主がどれ程一人で苦しんできたかと思うと」

二人は夜を徹して語り合った。

「いろいろ話を伺いたい」

「さて、先ずは同志のことだが」

「おお、どうなっておる。ここにいたのでは皆目事情が掴めぬ」

「如何にも。だが、我等には未だ何の御沙汰もない。世情は今や我等尊攘派にとって極めて不利、切腹の噂も実しやかに流れておる。既に我等に鳥取城下への移送が申し渡された」

「それは即ち切腹を意味してのことか？」

「如何にも。私はこの時をおいて、お主に会うことは叶わぬと、ただ必死でここに参った。実は、我等はここに及んで密かに大胆なことを考えておるのだ」

新庄は、それが脱走を意味していることを直ぐに理解した。

「その時期は確かに難しいが、然し何とかせねば大義は果たせぬ。お主のことは三條実美公に頼み込んでおくゆえ、もう少しの辛抱と耐えてくれぬか」

河田の頬を熱いものが伝って落ちるのが分かった。

新庄はこの時初めて河田の本当の姿を知った気がした。

二人とも既にかなり酔いが回っている。

「逃走して後、何度か夢に父母が現れました。寡黙な父が夢では珍しく私に語り掛けるのです。でも不思議に吉乃の夢を見ることはありません。安否を尋ねようにも術はなく、いっそ訪ねんと思えど二の足も踏む」

「時に、その吉乃さんのことだが」

途端に新庄の顔色が変わった。

「吉乃は如何しておりますか？」

「一度は幕吏から詮議を受けたようだが、その後は別段の沙汰もなく身柄は無事のようだ。ただ……」

「ただ？」

「少し身体の調子を崩して、故郷に帰ったとも聞き及ぶ。門脇殿の奥方に探らせようにも迂闊には動けず、詳しいことまでは掴めておらぬ」

そこから暫く、二人に沈黙が続いた。

翌未明の霧深い中、河田は新庄の許を足早に去った。

新庄が久々に吉乃の夢を見たのはその夜のことである。

陽炎揺れる小さな町はずれ。佇む吉乃の顔には優しい微笑みがあり、その表情は恰も「大丈夫」と訴えているように見えた。然し、吉乃に発する声はなく、いつしかその姿も消え失せていた。

揺るがぬ契りの果て ――水戸は遠く蝦夷遥か――

　元治二年も半ばに差し掛かったある日、河田は佐善と膝を突き合わせ、やがて他の同志もこれに加わった。

「それにしても、徳川の失政は依然として続く」

「その志すところが違った為、我等は黒部等重役を討ち取った。だが今や事情が変わり、安達様は水戸藩との連携をもって朝廷と徳川の双方を守れと仰せになる。時局が変われば対処の仕方も変化するのか。如何にあらねばならぬものかと思案しても、まこと迷うてしまう」

　話は前年六月からこの年元治二年初めに至る水戸の藤田小四郎が筑波山で起こした「天狗党の乱（元治甲子の変）」に及んだ。

「水戸藩も激しい内部分裂で今やどうにも統制がとれず、桜田門外の変以降、俄かに尊攘派が台頭して天狗党まで現れたが、その天狗党が先頃、越前で大量虐殺されたそうだ」

「四百名にも及ぶ数だったたと聞く。恐らく天狗党は嵌められたのであろう」

「初めは将軍職に就く前の一橋慶喜公を後ろ盾に討幕の先陣を切っていたが、何時の間にか、将軍の座に就いた徳川慶喜公から一転して攻められる立場に変わっていた。その後は討幕派と佐幕派とに真っ二つに割れてしまったが、その両派の禍根といえば我が鳥取藩など比ではないと言われておる」

美濃に入った天狗党一行は、中山道を通ってまっすぐ京都をめざそうとしたが、既に追討諸藩の軍勢が集結しており、やむなく越前・若狭の経路をとることになった。

荷を一杯に付けた馬と大砲を携え、雪に覆われた難所の峠はきつかった。

行くも戻るも地獄、降り頻る雪の中を只管進む外はなく、必死の思いで峠を越え何とか越前に入ることができたのはまさに奇跡であった。

「一行の中には、藤田東湖《とうこ》殿の息子・小四郎殿はじめ、勤皇の志に同調した農民達と女性までもが含まれていた」

「追討軍に徐々に包囲網を狭められ、もはやこれまでと観念したのであろうか、加賀藩軍監の永原甚七郎殿の説得もあって、天狗党は遂に投降した」

この加賀藩が天狗党を尊攘の義挙と捉えて厚遇をもって処したのに対し、幕府軍の田沼意尊《たぬまおきたか》は敦賀に着くや強硬な態度で臨み、一行を鰊倉《にしんぐら》に押し込めて手枷足枷を嵌めるなどの厳しい処断を下した。

天狗党浪士の処置につき慶喜から一任された田沼の過酷な扱いは徹底していた。

「狭い鰊倉の中に大挙押し込められ、男は下帯一本しか許されず、毎日、握飯一つと湯水一杯という粗食しか与えられなかった為、厳寒の中、倒れる者が続出し、病死者は二十名以上に上ったと聞く」

「加賀藩は天狗党への寛大な処分を願うべく幕府に嘆願書を差し出すが、更なる挙兵を恐れた幕府は、結局全員の処刑を実行したというわけだ」

斬首三百五十二名、遠島百三十余名、追放八十七名、水戸渡し百三十名、僅かに十五歳以下の少年十一名が永厳寺預けとなったものの、武田、藤田等の首は塩漬けにして水戸送りとされるなどそれは凄まじいものであった。

天狗党が去った後、水戸藩では諸生党が実権を握り、首領の武田耕雲斎一族をすべて死罪にするなど、天狗党に属した者達を次々と処罰した為、元々尊皇攘夷の中心であった筈の水戸藩尊攘派の有能な志士達の多くが消されていった。

この頃、長州派は南下する幕府軍の攻撃に備えるに必死、佐幕派と討幕派の争いは益々緊迫の度を高めていたが、やがて半年以上が過ぎた慶応元年（一八六五）春、因藩烈士は黒坂から鳥取城下への移送を申し渡された。

これは、究極の処断を前提に因藩烈士を厳しい監視下に置く為であり、つまり因藩烈士への風当りが強くなったことを意味し、文字通り勤皇派勢力が弱まった証でもあった。

夜来の雨から一転して曇り、やがて時節外れの白いものが舞い降りて、弥生半ばの忘れ雪。

一行が鳥取に移送されたちょうどその頃、それまで目立った動きを封じていた長州に変化が現れ、一旦解散させていた「奇兵隊」を復活、密かにその機を窺っていた。

六月には、幕府による第二次長州征伐が始まり、いっ時は幕府方の勢いが優るように思えたが、長州軍も石見に進撃して浜田城を攻略、佐幕・勤皇の争いはいよいよ激しさを増していくのであった。

禁門の変以降、一時期但馬に身を隠していた桂小五郎が高杉晋作等と共に反幕運動に着手したのもちょうどこの頃であり、それは恰も、後に大村益次郎《おおむらますじろう》となる村田蔵六《むらたぞうろく》が起用されて軍の編成に尽力し、長州に再び強力な戦力をもたらしたのと時期を同じくする。

この時、因藩烈士は、もはや祭礼を見ることも叶わず、秋の紅葉狩りなど夢のまた夢であった。

更に明けて慶応二年（一八六六）一月、薩摩の西郷隆盛、土佐の坂本龍馬・中岡慎太郎・土方久元等の周旋で高杉晋作・桂小五郎・井上聞多・伊藤俊輔等によって進められていた待望久しい「薩摩長州同盟」が京都二本松で締結された。

「将軍家茂《いえもち》公が大坂入りして、長州攻撃を各藩に命じたが、もはや薩摩が動くことはなかったそうだ」

河田の誇らしげな言葉は同志の心を刺激して止まなかった。

黒坂を出でてよりほぼ一年、鳥取城下は夜来の冷たい雨が知らず夜明けの雪に変わろうとしていた。

夕日が沈む　――仇討事情――

六月に入り、烈士全員が鳥取藩家老・荒尾志摩《あらおしま》の別邸に集約を申し渡された。京が鎮まれば切腹を申し渡すという藩主慶徳の考えはこの時既に固まりつつあった。

そんな差し迫った慶応二年（一八六六）七月二十日、京都から大坂に着いた将軍・家茂《いえもち》が大坂城にて突然病死する。ここに至って、後継は一橋慶喜をおいてほかになかったが、慶喜が直ぐに将軍職に就くことはなかった。この時、鳥取藩に長州征伐の命が下されるが、藩主慶徳は心労が重なって俄かに体調を崩してしまう。

一方、荒尾邸での警衛は昼夜とも固く脱走は容易ではなかったが、荒尾の家臣・杉村靭貞《すぎむらかなえ》が何かと好意的であり、更に、門脇重綾の妻多計子が菓子売りに変装して因藩烈士との連絡役を務めていたこともあって、概して外部の様子を知ることができた。

だが、いざその時になって、脱出が全員暗黙の了解と思い込んでいた河田にとんだ誤算が生じた。

それは脱出計画を早くから聞かされていた志士と直前の前日になって初めて知らされた志士達とが

あったからである。

河田の弟精之丞、足立、伊吹、詫間、中井、山口、吉岡、平蔵の弟渋谷金蔵等が当日決行を事前に聞かされその覚悟を決めていたのに対し、決行直前になって初めて河田から打ち明けられた加須屋、太田、清水等は唖然とした。

最年長の加須屋は憤懣遣るかたない表情を浮かべた。

それにもまして、吉田、中野、大西清太等の怒りは尋常ではなかった。

「なに故我等には伝えてくれなかったのだ。我等が脱出に反対すると思ってのことか？」

吉田の言葉を遮るように、大西が声を荒げた。

「私はここに残る。どうしても脱出したければその者だけで実行するがよい。私はここで切腹して相果てる」

「今更何を言う、我等には残された大義があるではないか。だいいち我等には未だ切腹の沙汰はない」

「切腹の懼れなしとするなら、脱出する謂われもなかろう」

大西の怒りはどうにも収まらない。

「私は本圀寺事件の後、自刃する覚悟であった。重役を斬ったことにより我が藩が討幕へと傾くならば、我等同志の目的は既に叶ったも同じこと」

「大それた計画が何時どこで漏れるやも知れぬ。平蔵には金蔵から伝わるもの、永見には弟の中井から伝えられるものと心得ていた。ここは私の思慮が浅はかであったことを詫びねばなるまい」

一部同志は、河田のこの説明を理に叶わぬとみた。そして佐善が口を開いた。

「私からも重ねてお詫び申す。切腹して殿にお訴えすることも理だが、ここは我等が纏まって事を成し、いずれ長州等と諮って大義を果たすことも大事と心得る」

耳が不自由な為、日頃は極めてゆったりした物言いの佐善が、この時まるで居合いの如く。一瞬にしてその場の不穏な空気を断ちきった。

「事前に知らせなかったは私一人の落度、貴殿等のお怒りはもっともと思うが、ここは何とか堪えて所期の目的を果たそうではないか」

河田と佐善に斯く言われては返す言葉もない。一同は不本意ながらも同意した。

これ以上の混乱を避ける為、佐善がすかさず言い放つ。

「実行に及ぶとして、我等並々ならぬ決意とその主旨を荒尾志摩殿に書き残しておかねばなるまい」

佐善はその場で筆を執った。それはまさしく遺言書に外ならなかった。

長幕相戦うと聞き及んでは髀肉《ひにく》の嘆に堪えず、奮然踰境《ゆきょう》の書を遺して荒尾邸を脱出するに決した因藩烈士にもはや迷いはない。

二十七日、その日無風ながらも、突然襲った篠突くような雨、密かに荒尾邸を脱走し橋津の港へと向かう。

切腹間近とされていた矢先の烈士の掟破りは、藩にとって、また慶徳にとっても、まさに意表を突くものであった。

かつて、淀屋から借金せぬ藩はなかったとさえ言われる程の豪商で他国に先駆けて先物を扱う取引『淀屋の米市』を完成させた商人淀屋清兵衛《よどやせいべえ》。

この淀屋清兵衛とは親戚となる天野屋の中原吉兵衛・忠次郎《ちゅうじろう》父子の計らいで橋津より海路にて一路美保関を目指した。

「淀屋は米屋を隠れ蓑にして実のところは鉄問屋を開業していた。この倉吉を拠点にして更に蓄財を深めながら、尊皇攘夷派へ多額の資金を流していたそうだ。今から七年前であろうか、その淀屋が大坂・倉吉もろとも一夜にして消えた。朝廷に献金して後のことだとも噂されているが、まこと天晴れと言うほかはない。そもそも淀屋清兵衛は天皇家との関わりが極めて深く、倉吉で操業させていた鉄問屋の大鉄屋と橋津の港で藩倉管理を賄う廻船問屋の天野屋とは姻戚関係にあるのだ」

佐善の言葉に一同聞き入った。

天野屋の中原吉兵衛が勤皇の志を抱いた背景はここにあった。

美保関に着くと吉兵衛は真っ先に天野屋のかつての使用人・小坂屋長兵衛《こざかやちようべえ》宅を訪ねここで一服する。

「皆様は既に松江藩の領地に足を踏み入れておられ、本来なれば番所に届けねばならないところでございます。まさかの時に備え、皆様には偽名を定めておかれますればよろしいかと」

長兵衛の計らいで早速志士十九名全員の偽名を定めた。

案の定、大人数がゆえに既に町人に怪しまれ役所に通報された為、長兵衛はすかさず偽名の名簿一覧を届け出て取り敢えずはその場を凌ぐことができた。

次いで既に知遇を得ていた美保神社宮司・横山東市正《よこやまいちのかみ》に面会し、大枚の金子《きんす》と食料、酒まで用立てて貰う。

「いずれ松江表に知れるであろう、一刻も早くここを脱出せねばなるまい」

一行は事を急いだ。

橋津からずっと同乗していた中原吉兵衛の妻ゆいと娘たけは表向き関参りとして美保関に止まり、他の総勢二十七名を乗せた船は再び風吹き荒れる海原へと出航した。だが、これが大きく災いすることになる。

「黒部遺族等一行は、陸路で三徳《みとく》を越えて長瀬に入り、赤碕にて船を手配する位置に届いたと聞く」

河田の言葉に自ずと同志の焦りも募る。

八月一日夕刻は折からの台風、二十七名の大所帯の小船はただでさえ進まぬものを、船体は嵐の吹き荒れるままに大きく揺れ、今にも沈まんばかりであった。

止むなく手結浦《たいのうら》に入港するが、偶々この地に折悪しく、見回りの為立ち寄っていた松江藩往来方物改め一行に遭遇し、詮議を受けることになる。

明らかに漁船らしき二十石船と武士の乗り合わせは何とも不似合いであった為、往来方物改めがこれをみすみす見逃す筈はなかった。

「私どもは鳥取藩の武士、今まさに長州沖で難船した藩の御手船《おてせん》の後始末に出向くところ」

中野の言葉に、往来方は如何にも不自然とみた。

「当藩では時節柄浦々に厳重な警戒を行っている。しからば鳥取藩の証をみせられたい」

中野はすかさず持ち合わせた一行の名簿を指し示した。どうにも不審を覚えた松江藩士は直ぐさま出帆を差し止め、船出を焦る志士達とこれを妨げんとする松江藩士達の間で暫く押し問答が続き、とうとうその日の中の出港は叶わなかった。

身柄を拘束された翌二日は皮肉にも雲一つない快晴、風もすっかり凪ぎ、もしや自分達が脱走犯であるとの情報を松江藩が入手したのではと思い、一行は焦っていた。

「我等に二心《ふたごころ》なく、その証として昨夜同宿した我等四名が人質となって残り、貴殿等の面目を保つゆえ、他の者達の出立に目をつぶって欲しい」

中野は同宿した町人中原忠次郎をわざわざ外し藩士四名のみを告げようとしたが、忠次郎は、師匠詫間樊六と共にするとして些かも譲る隙を見せなかった為、結局人質は町人一名を含む五名となった。

中野治平が弄した苦肉の策により松江藩士を強引に口説き落とすと、五名を残した一行は夕刻を待たずして手結浦を出帆した。これが今生の別れとなった。

白々と夜が明け始めた三日朝、遺族等一行が到着する。

直ぐに異変に気づき、戸口で急を知らせようとする忠次郎が真っ先に討たれた。

神風流を極めた詫間樊六は討手の銃弾と槍に倒れ、剣豪吉田も、中野そして太田も衆寡敵せず散った。

松江藩軍勢の助力を得て討ち果たした討手側にしても、目指す仇敵が二十名から僅か四名に減じていたのは予想だにしなかったこと。

「目指す相手がよもやこれだけとは思わなんだ。して他の面々は何処に逃げ延びたのか」

「既に船で西へ向かった模様です」

『神頼みは一ノ宮、人頼みは二ノ宮』とまで言われた早川卓之丞の父二宮一草も今や七十三歳、もはやかつての強靭な面影はない。

五名の屍を前にしてぽつりと呟いた。

「因幡国一宮《いちのみや》の宇倍《うべ》神社神前にて仇討ち祈願を行い、漸く果たし得た敵が僅か五名とは。さては、因幡国に降臨しこの社に双履を残して行方を晦ました武内宿禰命《たけうちのすくねのみこと》に嫌われたか、はて、何の責にてその逆鱗に触れたるや」

傍に跪く早川家助っ人の二宮午之助は深手を負い、高沢省巳の息子朔太郎十四歳、加藤十次郎の甥加藤伊之助とその倅伊保松はその場に座り込んだまま動かず、そして黒部権之介の弟黒部勝次郎は浅手を負い、同じく弟の臼田八百人《うすだやおと》は戦い終えてただ呆然と立ち尽くすのみ。袴・甲掛《こうがけ》・脚絆《きゃはん》揃いにして白襷・白鉢巻の一行の服はいずれも乱れ泥だらけで血が滲んでいる。

既に海路にて石州に向かい、更に長州へと進み行く因藩烈士達をこれ以上追い求めることも叶わず、総勢十八名による仇討ちは何ともあっけない幕切れとなった。

一方、二日手結浦を脱出した河田左久馬以下十五名は三日早朝小伊津《こいづ》へ一旦寄港、午後には再び出航、既に長州軍の侵攻下にあった石州鳥井《とりい》に到着したのが翌四日のこと。太田の長州軍大隊司令官に面会して因藩烈士脱走の真相と経緯を語り、併せて旧知の長州藩士、桂小五郎と佐々木男也《ささきおとや》の消息を訊ね、その七日後、漸く江津に上陸して肝胆相照《かんたんあいて》らす長州藩・佐々木男也との対面を果たす。翌日、佐々木の斡旋で和木の豪農・小川八左衛門方に身を寄せることとなり、漸く安住の地を得ることができた。

その夜、一足先んじて鳥取を脱出し、京の事情を具に視察していた河田精之丞が到着して総勢十六名志士達の合流漸く叶うも、一行が手結浦での五名の死を知ったのはその日のことである。

「五名は壮烈な最期であった。如何に腕が立つといえども多勢に無勢、樊六と吉田は敵を切り刻むも遂に討たれ、中野、太田も多勢に囲まれ衆寡適せず散ったそうだ。然し五名の散り際はまことに見事であったという」

河田佐久馬は暫く身体の震えを止めることができなかった。

そして徐に語り始めた。

「手結浦で失った詫間樊六等五名のことだが、あの前日、私は偶々居合わせた一人の松江藩士と直に談判した。どうしても発たねばならぬと申したら、その年老いた藩士がいみじくも『このまま全員発たせたとあっては我等に落度が残る。せめて数名だけで実行するならまだしも』と漏らしたのだ」

一同にとってそれは思いもよらぬ話であった。

「それを中野治平は外で立ち聞きしていたのであろう、その日の午後、敵味方とも揃う公の場で、中野が唐突に人質となると役人に宣言したのだ。あの場に至っては、もはや中野の言葉を受け容れる外はなかった。そして彼等を残し我等は発った、まさに断腸の思いであった。たとえ一瞬とはいえ、迂闊にもあの時私は、これで大義が果たせると思ってしまったのだ。その私自身が許せず、あの時以来私はずっと悩み続けてきた。さは然りながら、この場に及んで斯かる私情を吐露すれば一同には悔いだけが残ることになる。私が己一身に責めを負うのは至極当然ながら、それこそ、中野、詫間、吉田、太田、忠次郎五名の死が無駄になろう」

新庄常蔵が同志の脱出と手結浦での仇討ちを巷の噂で知るのもこの頃、逃亡生活も早や三年に及ぼうとしていた。

今は和泉・堺の地にて医者に扮していた。だが、既に周辺にその名を知られていた新庄は、もはやここに留まる危険を感じ取り、密かに脱出を企てた。

首尾よく堺筋《さかいすじ》に入ることはできたものの、伝手《つて》を辿る道すがら、折からの激しい雨にふと雨宿りした軒先で不運にもばったり幕吏に出くわしてしまう。

新庄には、密かに幕府方の手配書が流れており、探索方《たんさくがた》も目の色を変えていた。

新庄は慌てて立ち去ろうと、一度は相手を振り切ったものの、出会いがしらに真っ向町人とぶつかって、その時俄かに生じた水たまりに足を取られあっけなく幕吏二人に取り押さえられてしまう。

偶々その場に居合わせた町人が勤皇派武士と知己であった為、伝え聞いた武士が直ぐさま公卿を通じて、未だ因藩烈士に沙汰が出ていない現況を訴え出たことにより、何とかその日は番屋止まりで済ませることができた。

だが、このまま新庄を鳥取藩に引き渡せば、ひょっとして赦免される可能性もあるところから、幕府方は取り敢えず堺の牢送りとして、厳しい詮議改めだけは控えることにした。この知らせは都落ちした公卿三条実美の知るところとなり、他の公卿を通じて然るべく配慮され、更に密命を受けた長州藩士桂小五郎により、入牢中ながらも、暫くは特段の温情を受けるに至った。

本圀寺事件の折、市中見回りを終えた新庄は河田との約束を反故にして一行のいる良正院に戻ろうとしたが、既に警備が固く、止む無く再び御所付近に立ち戻ったところで、七郷落《しちきょうお》ちに出くわし、行き掛かり上そのまま七郷の護衛についた。三条実美はこの時の恩を新庄に返したかったのである。

無常の風に誘われて　――気丈な女の影――

既にこの頃、第二次長州征伐戦争に勝利し、長州藩は勢いづいていた。

諸藩が征長軍に加わったのに対し、鳥取藩は初め賛意を表していたものの、岡山・広島藩等と共に詰まる所参画を避けていた。

禁門の変以後隠れ通していた桂小五郎も、木戸孝允と改名して漸く表に顔を出すようになっていたが、新選組等の襲撃も激しさを増しており、所詮危険な最中にいることに変わりはなかった。

桂は既に馴染みの三本木《さんぼんぎ》の芸妓・幾松《いくまつ》を頼り、新庄への温情を託した。

桂と幾松との出会いは、因藩烈士が起こした本圀寺事件と同じ文久三年に遡り、禁門の変で俄かにお尋ね者となった桂を体を張って守り通してきた仲である。禁門の変の折、鳥取藩に背かれ、九死に一生を得た桂が、今はその同志を護らんとするのもまた因縁であった。桂はその思いを幾松に語って聞かせた。

「あの時、私はてっきり河田が私に加担してくれるものとばかり思っていた。然し、いざ公卿邸に出向くと、河田は『朝廷に鉄砲を向けるは心得違い。そのようなことは約束しておらなかった』と言って、私に刀を向けた。私は同志と一緒にやっとのことでその場を逃げ出したのだ」

「裏切られたちゅうのどすか」

「あの折は確かに裏切られたと思った。鳥取藩邸で合図を待っていた私に連絡をよこさなかったばかりか、遅れて到着した私に天誅を下さんばかりであった。ただ、御所に向けて鉄砲を放ったのは我等の不徳、鳥取藩重臣の命もあってあのような仕打ちを見せたものと、後になって理解した」

「あの時からどしたやろか、あんたを匿うようにならはったのも」

「お前と出会《お》うていなかったら、私は紛れもなく新選組《しんせんぐみ》に斬り捨てられていた。あの時のお前の度胸の良さ、あの啖呵には度肝を抜かれたぞ」

「もしあの時、近藤はんがわての言葉を制していやはったら、あんたは殺されとったかもおへん。その時はわても一緒に死ぬと心に決めておったんや」

それは、桂小五郎が京都三本木《さんぼんぎ》の吉田屋に潜んでいるのを突き止めた新選組が二人の部屋に乗り込んだ時のこと。奥の部屋まで見回した後、近藤勇が幾松の横にあった長櫃《ながびつ》に手を掛けたその時だった。

幾松は持っていた三味線のばちで瞬時に近藤の手を打ち払うと大声で叫んだ。

「これやけ探しても見つけられへん。わてが初めから言うてるにも拘わらず家探《やさが》しして、この上もしこの長櫃にどなたはんもおへなんだら、わてだけじゃありゃしまへん、あんたの面子《めんつ》も丸潰れや。そへんならはったら近藤はん、わての目の前で潔う切腹してくれはるんやのか？　その覚悟がおありどしたら、どないぞ改めておくれやす」

幾松の面構えはまるで鬼の如くであった。

これを聞いた近藤は、すかさず「分かった」と一言残してその場を立ち去った。

「あれはお前の一世一代の大芝居であった」

「死ぬとまで決めたおなごの執念程怖いものはあらしまへん。もし、あんたが他のおなごにうつつを抜かしやはったら、わて承知しまへんで」

桂は思わず苦笑いした。

「その後も、私が乞食に身をやつして潜んでいた時、お前は橋の下にいる私にそっと握り飯を落としてくれた」

「そないや、あの時わてが辺りに目を配りもって話し掛けてるゆーのに、あんたは目を合わそうともせいへなんだ。ほんまに憎らしいとだけ思やはったわ」

「私は逐電《ちくてん》の身、見つかるまいとただ必死であった」

屋根伝いに逃げた池田屋での一件といい、まさに『逃げの小五郎』と言われた所以である。幾松はこの年になって漸く桂との同棲が叶うが、新庄への温情もまた、幾松の必死の智恵と度胸があったればこそであろうか。

同じ長州高杉晋作を守った妻雅子と源氏名此ノ糸の三味線芸妓『おうの』の二人、新庄を救った吉乃、そして坂本龍馬の窮地を度々救ったお竜《りょう》もまた然り、幕末に命を賭した勤皇の志士達に、文字通り体を張って守ろうとした女達もまた天に命を預けていた。

この時、吉乃は故郷の紀州でもはや蘇ることのない病の床に伏し、翌年のある晴れた日、朝霧《さぎり》の吹き下ろす山里でひっそりと短い生涯を閉じた。

天は斯うまで無情に見放すのか、それは恰も新庄の出獄が叶うと決まる僅か数日前のこと。吉乃が新庄の枕元に立ったのは未だ夜の明けぬ中、目覚めた新庄は恋しさのあまりに胸張り裂けんばかりであった。

晴れて自由となった暁には真っ先に吉乃の許に駆けつけると決めていた新庄に、吉乃の訃報が届いたのはまさに出獄の朝、新庄はこの時一人脱走したことを深く悔いた。

この頃、石州浜田城は既に長州の手に陥っており、ここで長州勢に一気に攻め上られれば、山陰道一帯を牛耳られるとして、幕府は但馬地方の自治を鳥取藩に預け京への最後の砦とする防御策に出た。

鳥取藩討幕派重臣で京留守居役の安達清一郎は、密かに荒尾駿河と謀り、これを機に但馬代官領の財政を用いて農兵隊を組織し、来るべき時に備える案をもって幕府との折衝に臨んだ。この案を批准するべく、安達は鳥取に戻り直ぐさま慶徳に諮ったところ、案の定、佐幕派重臣達の猛反対に遭った。

安達は長身・強靭な体格で性格は豪放磊落、弁が立つ上、歯に衣着せぬ物言いであった為、議論の先から争いとなって、但馬の一件は纏まるどころではなかった。

「今や弓矢の時ではない。小銃をもって戦うにはどうしても農民の手が必要なのだ。幕府も既に新型鉄砲を導入している」

「仮にそうであっても、貴殿はそれを如何に活用するお積りか？」

「如何にとは如何なる意味か、いざという時に農兵を駆使して敵の攻撃に備えるまでのこと」

「敵とは一体いずれを指す？」

「これは異な事。幕府からの要請であるからして敵は長州に決まっておる」

「そんなことは訊いておらぬ。いざというその時、貴殿はいずれを向いて立ち向かう積りか、それを訊いておるのだ。貴殿はあの志士達の深い理解者であり、つまりは討幕に注力する身ではないか」

「私の策がそんなに気に入らぬと申されるか？」

安達は目を向いて相手を恫喝せんばかりに罵った。

然し、仮初めにも長州の奇兵隊を例えに出すことはできなかった。

「如何に良策であっても、目的を違えれば天下国家は滅びる」

相手も大きく声を荒げた。

「民の為、我が日本の為ならば、地に堕ちた国家など不要であろう」

「そら、語るに落ちたではないか！　貴殿の言う相手とは詰まる所、長州ではなく幕府を指しているのだ」

「徳川の世が真っ当なら徳川を守ろうというもの。貴殿等はただ徳川を守ることばかりに固執し、諸外国の侵入もろくに防げないどころか、飢えに苦しむ民を助けようともせず、唯々諾々《いいだくだく》として幕府に従っているだけではないか」

安達の理詰めの説法とあまりの勢いに、相手方は思わずのけ反った。

然し、双方とも頑として引く姿勢を見せず、やがて佐幕派が少しずつ軟化するものの、どうにも治まらない。

遂に業を煮やした安達が怒って席を立った為、結局会談は物別れとなったが、憤懣やるかたない安達は帰京して部下に愚痴ること頻りであった。

「まるで木で鼻を括ったようであった。あの固い頭と優柔不断な態度が結局我が藩を危うくするのだ」

その発言は、そのまま藩主慶徳への思いにも繋がっているように取れた。

「小銃をもって戦うに農兵の起用が不可欠ゆえ、但馬でも農民を養成して小隊に作り上げる、と申したら一同驚愕しておった」

安達のこの発想は、既に長州で取り入れられた用法であり、一方の幕府方も小銃による戦闘方式につき、外国に頼って逸早くこれを採用していた。

これに目をつけた安達の先見の明は旧態依然とする佐幕派には全くもって理解できないところであった。

そして、但馬の南西に位置する山国庄では、天領を預かる勤皇派の農民達が既に来るべき時に備え、日頃狩猟で鍛えた鉄砲の技に一段と磨きを掛けていた。

これが後に新政府軍傘下鳥取藩軍従属部隊となって東山道を進軍することになる『山国隊』であり、それを束ねるのが藤野斎《ふじのいつき》であった。

この時はまだ、後に最良の戦友となる河田と藤野共に、互いの存在を知らずにいた。

安達はここまで入念に調べ上げ、討幕に向け準備する構想を密かに温めていた。だが、佐幕派の予想以上の抵抗に遭って、解決を見ないまま止むなく帰京する。

自分の案が通らぬ時は自ら辞職すると部下達に言い残して出立した手前もあって、安達は間もなく引退を表明し、慶応二年十月、とうとうお役ご免となった。

この報を知って因藩烈士は落胆した。

風雅な雪舟庭園を背景にした小川家の大広間から烈士達の嘆きが漏れる。

「本圀寺討ち入りの直前にも安達様のお屋敷で機を窺っていた。堀庄次郎様が暗殺された今は、我等にとって、いや藩内勤皇派同志達にとって頼れるお方は、もはや安達様をおいて外にない」

大西が言うと、他の志士が続いた。

「ああ見えても、安達様は実に繊細で優しいお方なのだ」

「安達様に身を引かれては、鳥取藩の行く末が危うくなる」

その時、河田が言った。

「禁門の変の折、私に嫌疑が掛けられた。鳥取藩から派遣された戸次半兵衛等が京に上り吟味しようとしたそうだが、安達様のお執り成しで他の方々と協議して吟味を放免して貰うべく説得してくださった。我等が黒坂へ向かったのはその直後のこと。あの時、吟味の必要ありとされておれば、少なくとも私は拘束され、事と次第によっては我等全員あのまま伏見に留め置かれ、厳重な警護の下に置かれたやも知れぬ」

「即ち、あの時点で切腹の沙汰が出される恐れは充分にあったといえよう」

佐善がそうつけ加えた。

「西から長州・石州・鳥取・但馬と一つの線に繋がれば、山陰道はすべて尊攘派の手に収まる」

「いや、石州が我が手にあるとは申せ、長州より伯耆に至るには未だ雲州松江藩が大いに迷うておる」

その松江藩と長州藩とを結ぶ地に石州津和野藩と浜田藩がある。

小藩の浜田藩は時代の流れに翻弄され、時に津和野に支配され時に独立するなどして紆余曲折を経て後、今は長州の手に落ちている。

浜田港は古くから海外交易が活発であり、北前船の最盛期である江戸時代後期、浜田藩は、窮乏する藩財政を救う為、朝鮮の鬱陵島《うつりょう》（ウルルン）から木材やニホンアシカ等を持込むなど、国禁を犯す密貿易をしていた。

銀山を擁するも平野の少ない石見は度々米不足に見舞われ、この窮状を救わんと、浜田藩が唯一荷の積み下ろしを認めた浜田港は、地場産品の中、重要な特産品であった鉄を大坂、北国へと積み出す大事な役目を果たしていた。だが、弱小藩としての悲哀を免れることはできなかった。

先代藩主の末期養子として浜田藩の家督を相続した松平武聰《まつだいらたけあきら》は、水戸斉昭の十男にして慶喜の弟に当たるところから、佐幕派として行動し、第二次征長戦争にも参加していた。

僅か六歳で藩主に迎えられた武聰は生来病弱の身にあり、兄に当たる鳥取藩主池田慶徳は心配して度々使いを送ったが、武聰は追い打ちを掛けるような生母の死の悲しみから一層病が重くなりもはや殆ど政務を司ることができない状態となっていた。妻の寿子《ひさこ》は、かつて老中職を務めた堀田正睦《ほったまさよし》の三女であり、その気丈な性格から武聰に身を削って尽くし、時に、武聰に代わって藩政を聞くなどして浜田藩を守らんと必死であった。だが、所詮ここまでであった。

大村益次郎率いる長州軍の前になす術もなく壊滅、間もなく浜田城に火を放ち松江を経て鳥取へと移り、ここで鳥取藩の庇護の下、ひと時の安らぎを得て後、翌慶応三年に浜田藩の飛び地である鶴田《たづた》に逃れて鶴田藩主に納まるのである。

この戦で名采配を振るった山本半弥《やまもとはんや》は、この二年前の元治元年に藩主武聰の命により鳥取藩主池田慶徳に長州征討の重要性を堂々献言した人物であり、此の度の決戦にも大いに辣腕を振るうが、幕府の軍目付《いくさめつけ》で浜田付の軍監でもある三枝刑部《さいぐさぎょうぶ》を戦死させた責めを負い自刃。三枝刑部は武聰と同年ながら、父子二代に亘り武聰のお相手係りを務めた側近中の側近であった。

大村をして「浜田藩兵ほど強い武士団はかつて見たことがない」とまで言わしめている。

一方の津和野藩は、勤皇・佐幕いずれにも与していなかったものの、元々勤皇寄りであり、第二次長州征討後は、取り分け長州に対し好意的であった。

鳥取鹿野藩二代藩主であった亀井政矩《かめいまさのり》に津和野への移封が命じられた元和三年（一六一七）以降、津和野藩は代々亀井家が継ぐことになったが、鹿野の地と亀井家との結びつきは、天正年間に遡る。

尼子《あまこ》氏が月山富田城《がっさんとだじょう》籠城四年の後毛利氏に降ってより数年、尼子勝久《あまこかつひさ》を旗印に郷里・出雲の地奪回に燃える山中鹿介・立原久綱《たてはらひさつな》等尼子再興軍は織田信長方にあって中国攻めの先陣・羽柴（豊臣）秀吉の指揮下に入るも、天正五年（一五七七）播州上月城《ばんしゅうこうづきじょう》の落城により尼子勝久が自刃。武将・山中鹿介幸盛《ゆきもり》（茲矩《これのり》の義兄）は毛利に降るも備中阿井《びっちゅうあい》の渡《わた》しで謀殺され、ここに尼子党は遂に壊滅、尼子再興の悲願は一炊《いっすい》の夢に終わる。

然し、尼子家の重臣であった亀井能登守秀綱《のとのかみひでつな》を義父に玉造湯氏の豪族・新十郎が亀井家を継いだ亀井新十郎茲矩《しんじゅうろうこれのり》は、上月城落城前後の働きを秀吉に認められ、以後その秀吉に仕えていく。

天正八年（一五八〇）、秀吉の因幡攻めの先陣を承り、鹿野城を陥れてこれをよく守り、翌天正九年（一五八一）秀吉が鳥取城を攻略して吉川経家《きつかわつねいえ》が自刃すると、鳥取鹿野城主となって一万三千八百石を領し、天正十三年（一五八五）には亀井武蔵守《むさしのかみ》茲矩に叙される。この後も親しく秀吉に仕えるが、その信任は極めて厚く、政治手腕を如何なく発揮していった。

秀吉亡き後は関ヶ原の戦いで東軍に与して二万四千二百石の加封を得、併せて三万八千石を領するが、海外への渡航貿易に関心を寄せる一方で領内の殖産にも注力。『因幡《いなば》の暴れん坊』と呼ばれた『千代川《せんだいがわ》』の治水を図って『大井手《おおいで》用水路』を造り、他の河川水害も除き幾百町歩の良田を得るなどの外、鉱山開発・土木事業に意を用いて卓越した英知を内政に向けると共に、御朱印船で暹羅《シャム》国・呂宋《ルソン》辺りにまで足を伸ばして得意の海外貿易で才知を働かせていた。

その人生まことに波乱万丈なるも、斯く名君と謳われ、鹿野に止まらず鳥取広域に大いに尽力した。

慶長十四年（一六〇九）茲矩隠居。亀井政矩《まさのり》が家督を継ぎ、禄高四万三千石となる。慶長十七年（一六一二）、茲矩が没し、次代政矩の時に大坂冬・夏の陣があり、世に謂う千姫事件により坂崎出羽守が失脚した後を受け亀井家が鳥取鹿野から石見《いわみ》国津和野藩に国替えとなった為、それ以後、鹿野は池田鳥取藩の領地となり、貞享《じょうきょう》二年（一六八五）に鳥取藩の支藩として鹿野藩・鳥取東館新田藩（鹿奴《しかの》藩）が置かれることになった。

これより百八十年程時代が下った慶応二年の今この時は、初代亀井新十郎茲矩から数えて十二代目となる亀井茲監《これみ》がその座に就いていた。

亀井茲監は温厚な性格であり極めて英知に富んでいたことから、朝廷からの信頼も厚く、以後は重要な事柄にも相談に預ることが多かった。

同様、朝廷からの信任厚い門脇重綾も、やがて亀井茲監と行動を共にしながら、新政府中枢の事業やこれに係る人選等に深く関与していくことになる。

「我が藩とは鹿野を通じて因縁の間柄、此の度の亀井公のご決断により、長州への参画が漸く相成った」

「この上は、何としても徳川幕府を倒さねばなるまい」

「我等も一刻も早く長州同志と行動を共にせねばなるまいに」

「我等にはまだまだやらねばならぬことがある」

結びにそう言い放った河田は、間もなく朝廷から声が掛かり、以後は事ある毎に多方面へと出自し、奔走することになる。

他の十五名にはこれといった沙汰もなく、吉岡、足立、山口、渋谷の四名は萩の明倫館にて学び、他は各々学問を究め、或いは武道に専念する日が続いた。

その年十二月、河田、佐善、山口、伊吹、中井の五名が招かれて山口藩庁で長州藩主毛利敬親に拝謁、五名はそのまま山口に留まるが、他の十一名は江津に残されたままとなった。

「それにつけても我等の出番は如何なっておるのか。ただ一人慌ただしくする河田殿は一体何をお考えか」

この河田の一連の行動が不信感を招き、とかく独断専行がちな河田の行状から、他の志士達との間には大きな溝ができていた。

中でも、加須屋、永見、塩川、大西等七名の怒りは募るばかり、やはり荒尾邸を脱出したあの時に起因していた。

「脱出を実行するに、何ゆえ我等には事前に伝えられなかったのか、今もって不可解だ」

大西の言葉に渋谷平蔵が静かに返した。

「いや、そうなれば他の者達すべての脱出は頓挫し、詰まる所我等討幕の志が果たせぬことになる」

加須屋がいみじくも言った。

「それにしても、一体いつまで待たねばならぬのか。河田ばかりが討幕を望んでいる訳ではない、その機あれば我等はいつ何時にも立つ。手結浦で散った五名は一体誰の為に犠牲になったのか」

そう言われては佐善も黙って聞き流すことはできなかった。

「河田はただ必死に走り回っておる。それも我等皆が共に行動するは不都合なゆえであろう、すべて幕府を倒さんが為の河田の止むを得ず取った策と心得る。無論、五名の死を決して無駄にしてはならぬ」

その時、塩川孝次《しおかわこうじ》がしみじみ漏らした。

「我等捕らわれの身の折、佐善殿が文天祥《ぶんてんしょう》の正気歌《せいきのうた》に和して作られた詩をよく揃って愛誦したことを思い出す。

『嗚呼大八州　山河今如昔　安得全正気　千歳留生色』

南宋の忠臣文天祥が捕えられた獄中にて、元《げん》軍の帰順の勧めを頑なに断り処刑された、あの詩よな」

政治家にして軍人であり、科挙《かきょ》の最終試験に首席で合格した秀才。号を文山《ぶんざん》と称した。

「佐善殿がいなければ、我等は疾うに分裂していた」

塩川の発した言葉に一同が頷いた。

「ところで、新庄のことだが、とうとう大坂で幕吏に捕えられたそうだ」

「それはまた、大変なことになった。して、新庄の身柄はどうなっておる？」

「幸いにして、三条実美公のお計らいで、入牢の身ながらも長州の兄貴等の温情を受けているそうだ」

一同は思わずほっとした。

「あの男はずっと一人で逃げ延びてきた。どれ程心細かったであろうか」

「如何に役目とは申せ、一体どれ程のことを申し渡されていたのであろうか」

これも一同にしてみれば大いに引っ掛かりがあったが、佐善は敢えて何も語らず、周囲も佐善の気持ちを汲んでか、改めて問い直すことはなかった。

「それにつけても難しい世の中になったものだ。我等の悩みは一体いつ果てるのか」

そんなある日、河田は佐善に折り入って相談を持ち掛けた。

「黒坂より鳥取に移される折、我が藩士松田道之が密かに訪ねきて、岩美《いわみ》町浦富《うらどめ》の豪商滝本屋文九郎より借用したとして大枚の金子を届けてくれた。あの金を受け取ったことで、我等一同に脱出の意図があったことは明白、各々重々心得ておった筈」

河田が言うまでもなく、それは疑いのないところであった。

「あの時事前にすべて打ち明ければ事は簡単であった。然し、若い同志の中には必ずや浮き足立つ者も出るであろう、更に自刃して果てる者がいたやも知れぬ。さすれば我等の大義は畢竟《ひっきょう》果たせないことになる」

河田の怖い程の眼差しに佐善は尋常でないものを見た。河田の人知れぬ苦悩を佐善はこの時初めて知る思いであった。

「今更語ったところで、却って疑心暗鬼を生むばかり。これまでの絆を考えれば私が責められるくらい大したことではない。それに今一つ重大なことがある」

佐善は、河田の言葉に更に奥があると感じた。

「その重大なこととは？」

「今、我等全員が長州と関われば佐幕派は必ずや藩内で窮地に立たされ、我等との溝が永久に埋められぬばかりか、我等もまた深く恨みをかうであろう。これが高じれば我等の家族とて平穏な暮らしなど望むべくもない。せめて、若い者達にはそんな苦労を味あわせたくない、私はずっとそう思うてきたのだ」

佐善はただただ感服して顔を上げることができなかった。

「貴殿の真の心の内も測れず、またそこまで深く考えておったとも知らず、私は何と不覚であったか。貴殿は父君の代から伏見藩邸にて京詰の要職にあり、周旋方として他藩との折衝役を長く担ってきた。朝廷にとってはまさしく格好の忠臣であり、ここに至って新政府軍への重職登用もまた然りであろう」

この時河田は一瞬浮かない表情を見せた。河田の胸の奥底にはやはり他の同志達への遠慮と些かの気後れがあったに違いなかった。

その後も河田は単独京に赴くこと頻りであった。

一橋慶喜が不承不承将軍に就くのが慶応二年十二月、この直後に孝明天皇が崩御する。フランスを頼りとする慶喜に対し、勤皇派は既にイギリスと手を結び国政修学に取り組んでいた。慶喜が将軍後見職を担った頃から大きく心変わりしていた松平春嶽は、密かにフランスと手を組み薩長の壊滅を目論む慶喜の計画を諫めたばかりか、慶喜が将軍職に就くや、その政策には悉く異を唱えた。

家茂逝去から半年を経た今はまるで世情が変わり、徳川幕府にとっては極めて強い逆風が吹き荒れていた。

そして、この月半ば、仇討ちを成した黒部等四家一門に閉門が仰せ付けられた。

明けて慶応三年（一八六七）、俄かに勤皇派が勢いを増し、朝廷の方針も討幕へと大きく傾いていく。

因藩烈士は依然として長州に身を置き、文武に勤しみ、然るべき時期の到来を待ったが、河田は相変わらず一人討幕の準備に余念がなかった。

そんな二月、土佐の坂本龍馬から河田左久馬の許に一通の手紙が届けられた。

それは、蝦夷地開拓に関わる打合せの為、河田に広島への来訪を要請するものであった。

龍馬と河田は既に互いに知る間柄であり、かつて北垣国道《きたがきくにみち》、北添佶摩《きたぞえきつま》等と共に蝦夷地の開拓を謀ってきた。これに勝海舟門下生の多くが同意し、蝦夷地への移住計画を一気に進める手筈であったが、三年前の池田屋事件で多数が斬殺または捕縛された為、その時点で敢え無く潰えてしまったのを、ここにきて龍馬が再び河田に相談を持ち掛けてきたものである。

この後、北垣と龍馬は江戸で密会するものの、七月には勝海舟が幽閉され、この遠大な策はまさにいっ時の夢物語に終わるのである。

河田と土佐尊攘派志士との繋がりは、黒坂幽閉中の河田を来訪した中岡慎太郎との接触が僅かにあるものの、斯うした実現も長州藩士の仲介なくしてあり得ず、こと蝦夷地に関しては龍馬が至って慎重に事を図っており、この限りでは、とかく独断専行の長州は除かれる運命にあった。

龍馬が土佐でもなく薩長でもない、目立たぬ鳥取藩の河田にわざわざ期待を寄せた背景には、実はもう一人、両名を結びつけるに欠かせぬ重要な人物の存在があった。文久二年（一八六二）鳥取藩周旋方に剣術指南役として雇われ鳥取藩士となる千葉《ち ば》重太郎《じゅうたろう》。

江戸は神田お玉が池に開く江戸三大道場の一つ玄武館《げんぶかん》・千葉周作の弟千葉定吉《さだきち》の一人息子である。

定吉の剣の実力は兄周作をも凌ぐと言われた程、重太郎もまた伯父周作の薫陶を受け北辰一刀流の名手として名を高め、やがて父定吉から千葉定吉道場（通称「小千葉道場」「桶町《おけちょう》道場」）を任されるようになる。

かつて剣術出張教授として鳥取藩江戸藩邸詰めとなっていた定吉の後を受け、やがて同藩剣術師範となる重太郎は、ペリー来航の嘉永六年（一八五三）既に桶町道場に入門していた坂本龍馬の指南役でもあった。

龍馬が勝海舟暗殺の為勝邸を訪ね、逆に勝に説得されたその時、龍馬に同行していたのが重太郎である。

また、重太郎は長州藩士・宍戸《しし ど》左馬之介《さ まのすけ》の意向を受けていた北垣と度々行動を共にしており、ここに北垣・重太郎と龍馬と河田の関連図ができ上がっていた。

四月三十日、坂本龍馬一行を乗せた船が御手洗《み たらい》に入港、先に入港し既に碇泊していた河田がこれを出迎えた。御手洗は中継貿易港であり風待ち港としても名高く、広島藩管轄内にあって茶屋の豪壮な佇まいなど花街は人や物でひと際賑わいを見せる。

御手洗の名は神功皇后《じんぐう》が三韓《さんかん》征伐の折、この地の古井戸で手を洗われたことに由来する。

「この港は、八月十八日の政変で、三条実美公等が幕府の追手から逃げ延びる折、この地で風待ちをなされたそうやか」

龍馬が感慨深く語った。それは左久馬等因藩烈士にとって忘れ得ぬ日であった。その前日、本圀寺事件を決行したからである。

「蝦夷地への移住は私《あし》がこれまでずっと温めてきた構想やか。やがて徳川が減封され各藩武士達が職を失い路頭に迷うことは明らか、あの蝦夷地はまだ開拓の余地が充分あるがでから、いざとなれば武士達の食いぶちを満たすにゃもってこいの場所やか」

「坂本殿は以前からこの事に執着されておりましたね」

「こりゃあー到底私だけで果たせるもがやないがで。既に先発隊として蝦夷へ送り込もうと決めておった同志が先の池田屋事件に巻き込まれ、その上、頼みの勝様の神戸海軍操練所が閉められるとあって、あの後暫くは断念せざるを得やーせんやった。私はいつ幕府方から斬られるか分からぬ身、こがな環境といえども河田センセは鳥取藩にあって幾分動きやすいお立場におられるますゆえ、是非センセにお力をお貸し願いたいがやきす」

河田はこの時我が意を得たりと思った。

「蝦夷については、水戸藩同志もまたこれに執着している模様です」

「先年五月、薩摩藩の小松帯刀殿のお力添えで洋式帆船『ワイルウェフ号』を手に入れ蝦夷へと向かわせちゅうが、折悪しく暴風雨に遭い五島塩屋崎沖で敢え無く沈没、大事な社中十二名を犠牲にしてしもうた」

社中とは龍馬が起こした亀山社中のことであり、創設間もない頃であった。

「本年に入り、海援隊が大洲藩より借り受けた『いろは丸』で再び試みようとしたところ、何ということか、つい七日程前のことになるがでが、その『いろは丸』が紀州藩船『明光丸』に衝突されあっという間もなく沈没してしもうた」

「我等が未だ鳥取にて幽閉の折、外部より聞き及び存じておりました」

その時、龍馬の顔が俄かに曇っていた。河田もこれには慰めの言葉もなかった。だが、龍馬の心意気は並外れていた。

「既に紀州藩と交渉を始めており、事故の詳細を調べ上げ来月にゃ長崎にて、本格的な賠償金の折衝に当たる予定やか」

「何と、紀州藩と直に遣り取りなさるお積りですか？」

龍馬は自信たっぷりに笑って応えた。

「無論あるやか。これにゃ、相手方も長崎奉行所はじめ他藩をも巻き込み自藩を優位に導こうと躍起になっておるがで。最初は相当の強気で臨み参ったが、こちらが詳細に至る事故の顛末書を差し出した為、詭弁を弄す作戦に出て、自藩を優位に保とうとする魂胆がありありやった」

「それでご勝算は？」

「無論、大いにあるがで」

心意気だけではない。龍馬には計り知れない能力があり、とてつもなく度胸が据わっていた。結局長崎での交渉の末、賠償額は八万三千五百両と裁定されたのである。河田は龍馬の蝦夷地に対する異常なまでの執着心を感じ取っていた。

この時、蝦夷地には既に外国人が渡って異国宗教の布教に務めており、日本人の中にも密かにこれに改宗する者さえいた。

皮肉なるかな、坂本龍馬とは従兄弟で同年齢の幼馴染み澤辺琢磨《さわべたくま》（旧姓山本琢磨）もその一人。この澤辺琢磨を改宗させたのが、当時箱館に滞在してロシア正教の布教に務めていたロシア人青年司祭ニコライ・カサートキンである。

それは、イギリス・フランス・オランダ・ロシア等諸外国が、今まさに混乱する日本国内事情を冷たく傍観しつつ、虎視眈々と我が営利を貪らんとする最中のことであった。後にニコライが神田駿河台に建立した緑青を纏ったドーム状の屋根を擁する正式名称『東京復活大聖堂』は日本で初めてのビザンティン洋式の教会建築であり、別名『ニコライ堂』である。

このニコライ堂と川を挟む対極の位置に、元禄三年（一六九〇）五代将軍徳川綱吉が創建した『湯島聖堂』がある。

その後百年を経た寛政九年（一七九七）、論語で著名な孔子に始まる中国古来の政治・道徳の学『儒学』を教える学校として世に名高い『昌平坂学問所《しょうへいさかがくもんじょ》（通称『昌平校』）』が幕府直轄にて開設される。

昌平とは孔子の生まれた村を意味し、橋を渡った右手の森には孔子の像も建ち、まさに日本の学校教育発祥の地を認識させる風情がある。

徳川の世彼方に遠ざからんとし、新しき黎明を告げんとする今まさにこの時、川は深く、橋は見上げんばかりに高く。両岸に建つ湯島聖堂とニコライ堂、この二つの聖堂を結ぶ橋はやがて『聖橋《ひじりばし》』と命名される。

ためらい雪　――小さな橋から――

慶応三年（一八六七）五月、京都二条城において薩摩藩主導の下、将軍慶喜と摂政二条斉敬《にじようなりゆき》に対する諮問機関、所謂『四侯会議《しこうかいぎ》』が設置された。

これは、慶喜主導の政局を憂慮したもので、その時慶喜が強引に推し進めようとしていた兵庫開港の阻止と長州藩の名誉回復を求めるべく列侯会議路線を推進させる為のものであった。

この背景には、慶喜が、「兵庫開港」を反対する朝廷から正式な許しを得ないまま、三月に独断で開港する旨、イギリス・フランス・アメリカ・オランダ各公使に約束してしまった経緯がある。これに驚いた西郷隆盛等勤皇派志士達の発案により諸侯会議が設けられることになった。

そもそも慶喜が「兵庫開港」に拘ったのは、開港を約束するロンドン覚書の期限が迫っていたこともあるが、朝廷の人事を巡る久光との葛藤で慶喜が意地を通さんとしたが為である。

四月に薩摩藩の島津久光、前宇和島藩主伊達宗城《だてむねなり》が入京、五月に前土佐藩主山内容堂が入京し、既に在京中の前越前藩主松平春嶽と四名が揃ったところで、二条摂政、慶喜等と早速会議開催の運びとなった。

議事に当たっては、毛利父子の官位復活という長州問題と兵庫開港問題のいずれを優先するかで揉めた。然し長州の復活を容認するは即ち幕府の非を認めることに繋がり、この為慶喜は長州問題より兵庫開港を優先すべきと主張した。

「かつて、公は『攘夷はならん、外国に広く門戸を開くことこそ国を救う道』と公言しながらも何故か横浜港には鎖港を主張したではないか、あの時我等は一様に驚いた。それが今や真反対に開港を主張するとは一体如何なる所存か」

同じく二人が言い争った三年前の会議を思い起こしながら、久光は激しく慶喜に迫った。

その時は、薩摩の度重なる勝手気ままな振る舞いに激しい嫌悪感を抱いていた幕府が、薩摩の主張する横浜開港に敢えて異を唱えたという事情があった。

然し此の度は将軍職にある慶喜、ここで薩摩に屈する訳にはいかず、諸侯を睨みつけんばかりにして激しい口調で切り返した。

「あの折は反対に、薩摩藩は開港を主張し、長州に対しても即時懲罰を求めたではないか」

互いに一歩も譲らず、結局初日の会議は妥協点を見出せぬまま散会となった。

後日、今度は、平穏無事を望む山内容堂と実力行使論者の島津久光との間で激しく意見の食い違いが生じ、終いには、容堂が久光の襟髪を掴み、久光が容堂の腕を叩くという小競り合いまで起こす破目に。とうとう五日後の会議では山内容堂が病欠、更に四日後の二十三日の会議では久光、容堂の二人が欠席してしまう。飽く迄兵庫開港を主張する慶喜に対して朝廷側もこれを頑なに拒否し、双方一歩も譲らなかった為、板挟みになった二条摂政は全く決断できず、最後はとうとう、「兵庫開港」「長州寛典《かんてん》」の両方とも天皇の勅許を得るという結果に終わった。

因みに、二条斉敬は日本史上最後の関白、人臣としては最後の摂政であり、また、徳川慶喜とは従兄弟同志の関係にあった。

この会議で慶喜の巧みな手法を見せつけられた山内容堂は、何より土佐のお家が大事であり、徳川幕府に対し必要以上の恐れを抱いていたこともあって、それ以後は寧ろ徳川家擁護へと姿勢を変えていくことになった。

斯く、武力討幕に一向に踏み込めずにいる山内容堂に業を煮やした土佐藩では、中岡慎太郎が逸早く板垣退助《いたがきたいすけ》を担ぎ出した。

板垣が西郷隆盛等と対面するのはその後間もなくである。

後藤象二郎からの要請により書いた坂本龍馬の『皇国の向かうべき根本八策』があまりに見事であった為、これにすっかり共鳴した後藤が走り、早速、薩摩・土佐の会談が持たれた結果、薩土両藩盟約書が取り交わされることとなった。

九月には、とうとう山内容堂による大政奉還の建白書が完成した。

容堂が慶喜に大政奉還を建白する所以はここにあったのである。

既に勢いを巻き返していた勤皇派の攻勢は止まるところを知らず、各地で連戦連勝していることもあって、十月に入ると、徳川慶喜は二条城に全国四十余藩重臣を集めて容堂の差し出した大政奉還の建白書につき議論を交わした。

この月遂に、慶喜は朝廷に対し「大政奉還」を上奏、ここに徳川幕府二百六十年の栄華は幕を閉じることになった。

この僅か半年前の四月、長州の高杉晋作は、この「大政奉還」を知ることなく、志半ばにして、病の為、僅か二十八歳の生涯を終えた。

そして高杉晋作に続き、十一月には京都四条河原町にある近江屋で坂本龍馬と中岡慎太郎が襲われ、宿願の王政復古成就を知ることなくこの世を去った。

それは王政復古の僅か一ヶ月前、坂本龍馬三十三歳、中岡慎太郎三十歳の若さであった。

新選組によるとも、また見廻組《みまわりぐみ》によるとも噂される一方で、イギリス公使と密かに謀った陸奥宗光の名まで取り沙汰され、果ては薩摩等尊攘派首脳の命によるもの、更に土佐藩によるものなどと囁かれもしたが、その真相は後々に至るもなお闇深く埋もれたままである。龍馬の暗殺は因藩烈士の面々をも驚愕させた。

中でも、勝海舟率いる海軍塾で共に修練を積んだ山口・中井・加須屋等は、当時塾頭にあった龍馬の死に落胆の色を隠せなかった。

そして何より再会を果たし得なかった河田左久馬の落ち込みは深かった。

「此の度の事件は幕府上層部の指示によったとも聞く」

山口の言葉に中井が異を唱えた。

「幕府側に少しずつ軟化したとさえ思われる龍馬殿を果たして幕府方が手に掛けるであろうか」

「そんな事情を嫌って、龍馬殿の居場所をわざわざ幕府方に知らせたという噂まである」

「それはあり得ぬことだ。龍馬殿は徳川幕府攻略にただただ慎重を期していただけ。薩長ともそれは先刻承知の筈だ」

中井には到底承服できぬ巷説であったが、同調した山口は何故かうな垂れたまま黙り込んだ。河田も佐善も黙して語ろうとしなかった。

この年、新庄常蔵が牢内務めを解かれて出獄、以後は密かに、桂小五郎を正式名に改めた木戸孝允《きどこういん》の庇護下に置かれながら、討幕と維新に向けて暗躍することになる。この時、新庄四十歳であった。烈士はこの報に心から喜んだ。

「我等と違って、あの男はずっと一人で逃げ通さねばならなかった」

「三年にも及ぶ逃亡の末、昨年幕吏に捕えられたという。本圀寺の折、謹慎を避け逃亡した咎により、お家も断絶されてしまった。さぞや悔しかろう」

「逃亡中は、医者に身をやつしていたそうだが、我が藩十代藩主慶行公の侍医であられた安陪良亭殿に学んだことが幸いしたようだ」

「せめて、この苦労を我等と分かち合うことができたなら」

佐善の言葉に一同改めて新庄の苦労を実感した。

だが、新庄はこれ以後同志の前に姿を見せることはなく、やがて佐渡へと渡り県知事となる。敢えて虜囚の辱めに耐えたのも、手結浦で散った同志と吉乃の供養の為であった。すんでのところで再会を果たし得なかった世の儚さを恨みつつも、残された人生を静かに全うしていく外はない。

これより更に二十年を経て六十四歳で漸く故郷鳥取に戻ると、因幡国一の宮である宇倍神社の宮司として七十三歳迄の余世を静かに送ったのである。

佐幕派勢力による激しい抵抗は続き、依然として緊迫した情勢の中、飽く迄討幕路線で成就せんと策を弄した公家の岩倉具視《いわくらともみ》の計らいによって、孝明天皇亡き後幼くして継いだ新しき天皇の名のもと、遂に十二月九日、王政復古の宣言は発せられた。

その夜、公卿・藩主・藩士達が小御所に召集され、王政復古の事態と爾後の政策を論じる為の会合、世に言う小御所会議《こごしょかいぎ》が開かれたのだが、その中に、徳川縁《ゆかり》の者はいなかった。これに立腹した土佐の山内容堂《やまうちようどう》が声を荒げて申し立てた。

だが、その際、容堂の口にした「幼き天子を擁し奉り……」の言葉尻を捉えて岩倉が激しく捲し立てた。

「幼き天子ゆえこの会議を纏め上げ兼ねると言うに同じこと。これでは天皇に対しあまりに不敬であろう」と幕府擁護派を一蹴したのである。

岩倉にそうまで言われては容堂に反論の余地はない。

容堂は徳川慶喜に対し、真っ先に「大政奉還」を勧めた人物である。

岩倉は、後にも、「天皇の名において」の手法により西郷隆盛（吉之助）等を排撃するなどして着々と自分の地位を固めていくが、この岩倉の配下には、後に初代首相となる伊藤博文もいた。

天皇・朝廷が、徳川家代々将軍により、経済的にも極めて粗末な扱いを強いられ、じっと耐え抜いてきたこれまでの不名誉に対する意趣返しであったか、公家を代表する岩倉の主張には凄まじいものがあった。

政権は無論のこと、地位も領地の返還までをも強く求められた徳川家が今度は納得しない。徳川慶喜が王政復古に同意した裏には、これまで天下を治めてきたのは徳川家であり、他家に政務を司ることなどできぬ筈。巡り巡って結局は再び徳川家が治めることになろうとの思惑があった。

その後は両者共に譲ることなく、王政復古宣言後もなお火種が消えることはなかった。

この時、引退していた安達清一郎が久々に荒尾駿河を訪ね、予め認めた文書を奉じたが、これは驚愕に値する内容であった。

『藩主池田慶徳公には速やかにご上京なされ、備前公等と諮って朝廷及び徳川の為にご尽力賜りたい』とするものである。

安達は、昨今の薩長の独断専行に嫌悪感を抱いていた。

烈士達の間でも大いに沸いた。

「王政復古が発せられて後も、薩摩屋敷の浪人達による押し込み強盗、火つけが行われている」

「江戸の治安に当たっていた庄内藩の取り締り本部にいきなり鉄砲を撃ち込む事件が起き、庄内藩を中心にした旗本等幕府軍一万名が薩摩の三田屋敷に焼き討ちをかけたと聞く」

「幕府に大きく肩入れしていたフランスの加勢で、最新の砲兵戦術をもって事を成した為、薩摩藩邸はすっ飛んでしまったそうだ」

「この一連の流れは西郷隆盛が筋立てしたと言われておる。先の大政奉還によって既に武力で幕府を討つ口実がなくなっており、その為、西郷隆盛が巡らした一世一代の策略だと専らの噂だ」

西郷は、この時土佐の板垣退助に頼まれ、土佐をはじめ全国の浪人等を三田屋敷にて保護していた。

このままでは江戸を治め切れず、ひいては日本の統治ができぬと判断したが為の窮余の一策であり、まさに西郷生涯一度きりの大芝居であったと言えよう。

「然し、我が藩の安達様は『政治を公正に行うことこそ大事であり、このまま薩長の恣《ほしいまま》にすれば政事を誤る恐れ大なり』として、一刻も早く殿のご上京を促し、水戸藩と結託してこの儀に及ぶことの必要性を説かれたそうだ」

「これを人伝に聞いた時は初め戸惑ったが、その内容の詳細を知るに至り、大いに感激した」

家臣の斯うした心配をよそに、池田慶徳にはもう一つ別の考え方があった。

それは、ここで表立って長州への批判を晒せば、折角の王政復古に水を差すことにもなりかねず、身を賭した旧幕各藩の結束を一層高めてしまう恐れなしとしない。また、水戸藩といえども桜田門外の変以降、藩内が真っ二つに割れて今なお混迷を極めていることを思えば、安達清一郎の主張が必ずしも得策ではないと見たのである。

その一方で、藩主の意見としてこれを示せば、当藩の士気が失せるばかりか、長州に代わり鳥取藩が晴れて新政府陣営の表舞台に登場する機会を逸してしまうことにもなる。

慶徳は密かに備前公と連絡をとりつつも、ここは敢えて成り行きを静観することに決めたのである。

斯くの如き薩長の一連の言動に早くから疑念を抱き、心底日本の行く末を案じていたのが安達清一郎であり、亡き堀庄次郎であり、なかんずく池田慶徳であった。だが、慶徳はそうした己の感情を一切表わさないばかりか、その意思をまるで臣下に示すことがなかった。

もし斯かる基点に発し、ここに大いなる誤解が生じ藩内にてあらゆる猜疑心が醸成されていったとするならば、これこそ鳥取藩の一大悲劇であり、黒部・早川等を失くし、詫間・中野等そして堀までも失い終局自らをも深く苦しめることとなった池田慶徳の心の隙は極めて深刻且つ重大な意味を持っていたことになる。

さすれば故に歴史とはいずれの責めに帰するべきかのまこと奥深く極めて重いものと言わざるを得ないのである。

「殿には未だ病に伏しておられる」

慶徳に拝謁した安達は、この時眼光鋭い慶徳の一瞬の輝きを見落とすことはなかった。そのまま邸宅に引き籠った安達が再び表舞台に登場するのは戊辰の役に入って後のことである。

慶応三年十月の大政奉還、続いて十二月の王政復古がなったにも拘わらず、幕府側は依然として全国各地で応戦、勤皇佐幕の争いはやや泥沼状態になりつつあった。

明けて慶応四年（一八六八）正月、勤皇・佐幕の依然止まらぬ争いはとうとう鳥羽伏見の戦いとなって激しく交わり、仁和寺宮嘉彰親王《にんなじのみやよしあきら》を征夷大将軍に立てた錦の御旗の下、晴れて官軍となった討幕軍は西国諸藩を引き連れて攻め入った。

一月三日、それは小さな橋での大きな戦いの始まりであった。

大政奉還して大坂城にいた徳川十五代将軍慶喜が薩摩を討たんと上洛、幕府軍が鳥羽街道と伏見街道に分かれて京に進軍しようとしたところを小枝橋《こえだばし》にて新政府軍がこれを阻止。暫く押し問答が続いた末、薩摩藩が大砲を発射し、この砲声を合図に遂に京都南郊の鳥羽伏見の戦いの幕が切って落とされた。

だが、この開戦は在京の鳥取藩首脳を大いに悩ませることとなった。

幕府軍に対する官軍として伏見の守備を任されていたのは薩摩・長州・芸州・土佐の連合隊であったが、実のところは、薩摩・長州両藩と土佐藩の一部が戦闘への参加を表明していただけであり、その為、京にあった他藩は皆参戦に極めて慎重であった。この時、鳥取藩京都屋敷で守りについていた荒尾駿河は逸早く御所の警護に駆けつけるとともに、朝廷からの命を受け独断で二百八十名を擁する部隊を編成して他藩に先駆け伏見街道に出兵した。

これに先立ち、鳥取藩内にて協議したが纏まらず、この為、荒尾は止むを得ず、自らの手勢を率いて御所の警衛に当たった。

旧幕府軍一万五千人部隊に対し迎え撃つ新政府軍六千名。果たせるかな、錦の御旗を立てて官軍とした新政府軍が僅か数日で旧幕府軍を制圧した。

旧幕府軍は賊軍の汚名を着せられてあっさり敗退、大敗した旧幕府軍が漸く大坂城に戻ると、既にそこに将軍慶喜の姿はなかった。

慶喜は海路を経てやっとの思いで江戸へ逃げ戻るのであった。

旧幕府軍と新政府軍の争いの行方は、既にこの戦によって粗方決着したとしても決して過言ではなかった。

この鳥羽伏見の戦いに勝利した新政府軍が慶喜追討の為江戸に向かわんとした三条大橋にて、突如馬前に進み出た一人の尼僧があった。驚いた一行の一人が問うと、尼僧が静かに一葉の短冊を差し出して言った。

「めでたきご出陣のほど承り、腰折れ一首差し上げたく存じまして。斯く私は蓮月《れんげつ》と申す尼にございます」

『あだみかた　勝つも負くるも　哀れなり　同じ御国の人と思えば』

書き記したこの短冊を幾度も繰り返し口ずさむばかり。

島津久光の後方に控えていた西郷隆盛が思わず進み出て返した。

「ようく分かり申した。きっと良いよう取り図らうゆえ安心してお引取りくだされ。おいどんは西郷吉之助でごわす」

尼僧は深く頭を下げると、ゆっくりとその場を立ち去っていった。

因幡出身大田垣光古の養女大田垣誠《おおたがきのぶ》、仏門に入りて後、名を改めた歌人・大田垣蓮月《れんげつ》である。

『討つ人も　討たるる人も心せよ　おなじ御国の御民ならずや』

『聞くままに　袖こそ濡れる道のべに　さらすかばねは誰《た》が子なるらん』

江戸無血開城に当たり、蓮月の歌が果たして西郷隆盛の脳裏を掠めていたであろうか。歴史の妙はあまりに深く、決して安易に読み切れぬものではない。

さて、鳥羽伏見の戦いに勝利が略確実となった日、大久保利通が憤懣遣るかたない思いを文書に認め薩摩藩庁宛てに送っていた。

「本気で戦っているのは長州ばかり。それにつけても鳥取、備前の働きは見事であり、まさに官軍の名に恥じぬものであった」

一月十日、鳥取藩に各小隊を率いて上洛する命が下り、二十七日に上京。間もなく鳥取藩は三隊に分かれて参戦することとなり、一隊は荒尾駿河を旗頭として大津の警衛に当たり、一隊は桑名に向け進軍、他の一隊は天皇に随い大坂城入りし、そのまま警護についた。

それでもなお、鳥取藩内は少なからず揺れていた。

「敵は今や小銃を構える歩兵を中心としており、もはや弓槍の時ではない」

「幕府、薩長藩とも既にこれを実践しているが、我が藩には経験がない」

佐幕派に対し荒尾を中心とする討幕推進派が反論する。

「我等とて、第二次征長戦以降、歩兵隊を中心とした改革に取り組み、その為の農民兵取り立ても行ってきたではないか」

「だが、我等には新政府軍に参加する筒袖もなければ段袋もない。我が藩の財政は窮乏していて余裕もないし、だいいち、洋兵の知識がない」

「それは言い訳に過ぎぬ。財政窮乏は他藩とて同じ、洋学の知識ならば、山口謙之進がおるではないか」

高島流砲術家であった父虎夫《とらお》の影響で江戸遊学を果たしており、勝海舟の下で海軍修業を行い、大坂で火器の購入も担っていた。

山口謙之進の名を聞き佐幕派が益々難色を示すのを見て安達清一郎が一喝した。

「山口が如何に重臣等を討ったにせよ、そのようなことばかりに執着しているようでは討幕など到底及びもつかぬわ」

更につけ加えた。

「山口虎夫殿は、倅・謙之進のとった行動に深く心を痛められ、直ぐ様、目付殿はじめ各重役殿に詫びて回られたのだ」

これに却って佐幕派面々が目を向いた。

「今更そのような詫びなど入れても元には戻れぬわ」

安達の言葉が却って呼び水となり両派の議論はどうにも収拾がつかなくなった。

「いずれにせよ、我が主君がご病気で伏せておられるとなれば、ご裁可の頂きようもない」

これには、安達にも返す言葉がなかった。

「忌々しい」

尊攘派若者のあからさまな物言いに両派は一斉に目を向いたが、この台詞には敢えて異を唱える者がなかった。

薩長両藩に遅れをとっているのは紛れもない事実。鳥取藩は間もなく鳥取から農兵隊と足軽銃隊を京に呼び寄せ大慌てで洋式部隊を編成すると、佐幕派を強引に抑えて新政府軍に加わり陸路を東進した。

河田は、出陣に際し、急ぎ佐善と二人だけの密談を交わした。

「私は岩倉公の命により、宮づきの参謀として中井範五郎と弟精之丞と共に行軍に参加することとなった。貴殿等とはいっ時別れることになるが、もはや我等同志の役目も終わったことゆえ」

河田はそこで言葉を止めた。

「我等にはお呼びも掛からず、さりとて、鳥取藩として行軍に加わるには限りがあろう。藩の財政を考えれば、自ら志願することも叶うまい。いっそ貴殿に託して、残った我等は農民を集い、一つの部隊を組織して調練に勤しむ考えだ」

それを聞いて河田はほっと胸をなで下ろした。

「ただでさえ、私は同志達皆から疎まれている。ここで私と弟、そして中井を伴って東山道軍に組み込まれ出陣すると知れば、必ずや批判を浴びるであろう」

「それも役目、残るも役目であろうか。然し、幕府軍は数万人を擁すとも言われておる。一筋縄ではいかぬものと心得るがよろしかろう」

今の佐善には、これが河田に贈る精一杯の言葉であった。

「黒坂での別れの折はまさかの忘れ雪であった」

「あの朝の雪は何とも切なかった」

河田も感慨一入《ひとしお》である。

「此の度は京に進軍しようとする幕府軍を小枝橋にて迎え撃った。あれが再び戦の始まりであったが、我等はあの橋を渡らせまいとただ護るに必死であった」

「渡るべきか渡らざるべきか、ためらい橋」

佐善の巧みな表現に乗せられるようにして河田が次に返した。

「然して東に進むも、上るべきか上らざるべきか、ためらい坂よ」

その時二人は、少しばかり雪がちらつき始めるのを目にした。

「何とも頼りない雪よなあ。降るべきか降らざるべきか、ためらい雪か。行くも残るもためらうばかり、せめて笑顔で送り出したや」

今生の別れとなるやも知れぬ二人の会話に、互いにそれを匂わせる言葉はない。

佐善の当意即妙な言葉に河田はその場で深く溜息を吐いた。

二人の会話は多くを語らずして終わったが、河田はまたしても、佐善の温情溢れる人柄に救われた。

そして河田の思いは既に討幕への新たな戦へと向けられていた。

因藩烈士は、慶応四年正月、長州藩士の入京に伴い京へ上るが、二月三日に河田左久馬が、六日に兄の永見和十郎に先んじて中井範五郎が、七日には河田精之丞が続けざまに勘気御免となり、夫々鳥取への帰参が許される。

二月九日、いよいよ討幕の詔勅が出され、有栖川宮熾人《ありすがわのみやたるひと》親王を総督としてその下に、東山道、東海道、北陸道の各先鋒総督兼鎮撫《ちんぶ》使が置かれた。

この時、河田左久馬は岩倉具視《いわくらともみ》の命を受け、宮づきの参謀となり、中井範五郎等と共に行軍、江戸への本格的な攻撃に打って出ることになる。

二月十日、岩倉具定《ともさだ》を総督とし、参謀板垣退助等土佐藩を中心とする東山道先鋒軍への参加が決まった鳥取藩軍は、家老和田壱岐《いき》を頭に総勢七百九十六人に上った。この時、河田は和田壱岐隊の参謀、中井範五郎は其付属を命じられた。

一方、因藩烈士の残る十三名もまた、「大赦令」が出されたことによって、三月十三日、晴れて全員勘気御免、京都詰めとなり、これで因藩烈士全員に鳥取藩への復帰が許されることになるが、更に三月二十一日、伊吹市太郎はじめ十三名に歩兵取り立て及び隊を成すの命が下され、歩兵三十名が与えられた。

河田は、これに先立つ二月、既に鳥取藩参謀格として中井と共に東進の途に着いていたが、鳥取藩としては、本音のところ、歩兵取り立てに及んだ十三名に対しても同様、新政府軍東山道行軍への参加を大いに期待していた。

中井と同じ勝海舟率いる海軍修業を経験した加須屋、山口、吉岡等を擁する因藩烈士への期待は大きかったのである。

だが、一同が揃って鳥取への帰還を望んだことから藩はこれを断念、その後二十三日に、この編隊を『新国隊』と命名し、正式に認可を与えた。

河田兄弟、中井の三名を除く十三名が公表されたが、何故か佐善元立、加須屋右馬允の名が欠落し、記載上は十一名に止まった。この時、佐善は幾分体調を崩しており、また、加須屋は密かに別組織の構想を温めていた。

鳥取藩は、新国隊の創立を因藩烈士自らの志願により成されたものと公表した。

これは即ち因藩烈士に対する一部鳥取藩士の存念が未だ根深く残っていることを示唆しており、鳥取への帰還を到底許さぬ雰囲気があったことも事実である。即ち、勘気が解けたとは言え、因藩烈士の実際の帰還が決してままならぬことを意味していたのである。

然し、全員揃って鳥取への帰還を望んだとされる報告には俄かに信じ難いものがあり、事実、因藩烈士の意見は各々異なっていた。

「折角の志ゆえ、鳥取藩として新政府軍に参加すべし」と述べる者もあれば、「もはや我等同志の結束力は薄れ、共に参画する意義を失っている」と唱える者もいて、夫々の主張が噛み合わない。

中には、河田左久馬が新政府軍鳥取藩参謀に起用されたことへの反感もあった。

先発隊に少し遅れた四月になって、新国隊の中、加須屋と永見の二人が「東山道探索御用」として参加することになり、追って河田の本隊に合流した。

永見は河田と共に先に進軍している中井の実兄である。

加須屋には別に密かな企みがあった。

河田左久馬の弟精之丞は新政府軍に参入するが、結局戊辰戦争に参加することはなかった。当初新国隊に名を連ねていなかった佐善は、後に、足立八蔵が新国隊を離脱する為、新たに新国隊軍監に任じられることになるが、それまでの間、佐善は僅かの病を理由に依然として新国隊に名を連ねることなく別の日々を模索していた。その背景にはある重要な任務が秘められていた。

それは藩主池田慶徳が密かに託さんとした公自らの胸の中、一つは慶徳が鳥取入城後真っ先に力を注いだ鳥取藩校尚徳館の維持発展に寄与し広く人材を育成することであり、他の一つは未だ幼き慶徳の嗣子・輝知《てるとも》を支え後々教育の任に預かることであった。

新政府軍の要請により鳥取藩に対し一たび新国隊への出陣命令が下されれば、慶徳のこの思惑が崩れる恐れがあり、佐善がすかさずその心中を察したればこそである。

いよいよ窮迫する藩の財政立て直しも重要だが、今は何より、依然として対立したままの藩内守旧・急進両派の統一こそ急務であった。

佐善は自らが負う責務として先ずもって失った四名の同志と一人の町人を弔うことと心得ていた。

そして、藩主池田慶徳の野望は徳川家自体の存続を望みながらも討幕により政権を朝廷に委ね、維新を成し遂げ我が国を世界に向け発進させることであった。

ならばこそ、鳥取藩が率先して新政府軍に加担し、河田左久馬をその旗頭として進軍するに敢えて他に異議を唱えさせなかったのである。

鳥羽・伏見の戦いの直接要因ともなった薩摩浪士による金品強奪、火付け等で狼藉を働いた無頼はいつしか「薩摩御用盗《ごようとう》」と呼ばれ江戸庶民に恐れられたが、これは西郷隆盛が一計を案じて旧幕府軍に反撃をさせるよう仕掛け、戦を正当化しようとした策略とされる。この江戸混乱を図る目的の為西郷隆盛によって江戸に送り込まれた益満休之助《ますみつきゅうのすけ》と相楽総三《さがらそうぞう》の生涯は何とも切なく、特に相楽の運命は甚だ残酷なものであった。

東征軍の先鋒を担わされた相楽は「赤報隊《せきほうたい》」を編成し、中山道を江戸に向かって進む中、新政府軍による「年貢を半分に減ずる」旨の政策を各地に触れ回って新政府への恭順を訴える役目をも負わされていた。

この朗報を聞くや農民達は喜び、赤報隊は各地で大いに歓迎された。

だが、途中でこの年貢半減政策が財政上実行不可能と知った新政府が後に「公約違反」と取られ一撲など起こされぬよう画策する為、よりによって「赤報隊」を偽官軍に仕立てた揚句、三月三日、相楽以下八名を下諏訪《しもすわ》で処刑してしまったのである。

刑場にて討たれた相楽の首が六尺あまり飛んで柳の枝に噛み付いたと言われた。

早くから国学を修めたこの尊攘派志士は赤坂生まれにして薩摩藩士にあらず、一時期、公家の岩倉《いわくら》具視《ともみ》の許に身を寄せたともされる相楽の存念はさぞや深く、この悔しさは他人には到底計り知れまい。

赤心報告隊の「赤心」こそ、偽りのない心、真心を意味するもの。

純粋な愛国精神に燃え、只管お国の為まっしぐらに進んでいたにも拘わらずである。

この相楽を裁いた香川敬三は一時慶喜の側近となるも、あまりに急進的なるが故に罷免され、後に岩倉具視に近づいて岩倉家に入り、やがてその子岩倉具定の指揮の下、東山道軍総督府大軍監として戊辰戦争に進軍した男。

慶応四年、甲陽鎮撫隊《こうようちんぶたい》（新撰組）の近藤勇を、同年閏四月、幕臣として勘定奉行・外国奉行等を歴任した小栗上野介《おぐりこうずけのすけ》を戦犯と称して次々に処刑した。

既に前年の慶応三年（一八六七）には、同じ水戸藩士で藤田東湖の従兄弟に当たり、幕府存続に奔走した慶喜の懐刀・原市進《はらいちのしん》殺害にも及んでいる。

相楽の処分を薩摩軍に委ねた岩倉具定はそのまま下諏訪を発ち和田宿に向かった。相楽総三が斬首されたのはその日のことである。

この事実を知った土佐の板垣退助が地団駄を踏んで悔しがった。

「かつて私が幕吏に追われていた折、赤坂三分坂《さんぷんざか》の相楽殿の屋敷に匿って貰った。下諏訪に私が居合わせておったなら、あのような濡れ衣など着させはせなんだものを」

相楽への司令官が西郷隆盛からいつの間にか京に居る岩倉具視に変わっていたことを板垣は知っていた。

「西郷殿なら、決して相楽殿をあのように追い詰めることはなかった。相楽殿に最後まで錦の御旗を授けなかったのも、斯かる結果を企んでいたからであろうよ」

幾度も願い書を差し出しながらなかなか錦旗を与えられない不気味さを相楽自身も不可解に思ってはいたが、人のいい性格と新政府の命令に背いて隊を解散しなかったことが災いした。

「或いは解散させない陰の働きがあったやも知れぬ」

板垣退助は岩倉具視に対する不信感を容易に拭い去ることができなかった。

相楽の妻・照は夫の冤罪を確信して後を追い自ら命を絶った。

負ければ賊軍と言われるものの、維新に貢献する官軍兵士でさえ、維新成就という名目の下には、時に悪の紋章を付され朽ち果てる宿命を負わされていたのである。

旅情に慰む　――因藩烈士事情――

真っ先に手結浦を目指す佐善元立は暫し取るべき道筋を考えあぐねていた。

山陰道を行くとなれば、鳥取城に近づくことになり、妻安子の待つ我が家もそう遠くはない。佐善は逸る心を抑えて、敢えて西国街道から姫路に入り、平福《ひらふく》宿から志戸坂《しとさか》峠を越えて智頭《ちづ》街道を通る藩主参勤交代の道筋を選んだ。

駕籠を乗り継ぎ、時に徒歩で進むが、久々の一人旅は思う以上にしんどいものであった。馬子《まご》に頼り、また駕籠で継いだ。

根雨《ねう》に差し掛かったところで少し迷ったが、峠越しに遥か黒坂泉龍寺《くろさかせんりゅうじ》を拝し、そのまま西へと向かった。因藩烈士が一時期幽閉された黒坂での生活は何とも懐かしく、その一つ一つの情景が今鮮明に蘇ってくる。

同志のいずれもが文武両道に励み、世相を熱く語り、新しき世をつくらんと燃えていた。寺の小僧を殊の外可愛がっていた吉岡平之進。法勝寺の茶屋の娘に恋して仲間にからかわれた詫間樊六の顔もまざまざと蘇る。

川で釣った香魚《あゆ》を自慢げにした太田権右衛門、鳥掛けをした山は秋には赤く燃え出づる。佐善の顔に知らず零れる笑みが一瞬にしてまた消える。詫間も太田も今はない。

やがて行く手に雨が降り出してくる。民家の軒先を借り、また歩いた。

数日掛けて漸く辿り着いた境の港は夕闇迫っていた。

弓浜半島の綿、また伯耆、出雲の鉄を各地に運び出し大いに栄えた境港は、鳥取藩の番所や大坂に運び出す御廻米《こかいまい》の管理や鉄の移出の一元管理を任された鉄山融通会所等の重要施設が設置され、江戸後期には山陰最大の港にまで発展していた。

ここは佐善が生まれ育った懐かしい場所、だが、佐善は敢えてこの地に留まらず、漁師に頼んで、そのまま小舟で美保関へと渡った。

思えば、討ち入りひと月前、因藩烈士がこの美保関に集い結束を確かめ決行を誓った。事変後、長州へと逃げ延びる折もこの地に身を寄せた。

佐善は神社の大鳥居の手前で深く一礼し神殿に進み参拝を済ませると、踵を返して門前を抜け、急ぎ回船問屋・小坂屋長兵衛の家に向かった。

長兵衛は佐善の顔を見るや仰天して暫くは声が出なかった。

「もしや佐善様ではございませんか」

「久し振りであったのう、お主も元気そうで何よりだ」

「してまた、如何致しましたか」

長兵衛は、そこで初めて因藩烈士が勘気御免の沙汰となった旨を知ると、途端に顔に安堵の色が戻った。

「それは存じ上げませんでした。お顔を拝見しました時は、きっとまた何者かに追われていらっしゃるのだとばかり」

佐善は事の仔細を改めて長兵衛に語って聞かせた。

「これから手結浦に五名の弔いに参る所存」

「そうでございましたか。さぞかし皆様お待ちかねでございましょう」

その足で橋津の天野屋を訪れる旨告げると、長兵衛は途端に落涙した。

小坂屋長兵衛は美保小路にて回船問屋を営み、千石船の船頭として新潟、大坂の米取引を行い、美保関がかつて不漁に見舞われ苦境に立たされた折には、逸早く民に米を配り、長兵衛自ら朝粥を振舞うなどして感謝されたこともある。

一度の廻船で千両の金子が手に入るとまで言われる千石船である。長兵衛は、京都本願寺が有する如き当時稀なる瓔珞《ようらく》の飾りを菩提寺の圓浄寺《えんじょうじ》に寄進するなど地元美保関は元より近辺の地域にも大きく貢献していた。

斯く義侠心の強い長兵衛が天野屋への義理を欠く筈はなく、かつての恩返しとばかり、中原吉兵衛の妻・ゆいを命を賭けて守らんとしたのも長兵衛にとっては至極当たり前のことであった。

因藩烈士が石州へと出航した直後、松江藩吏に度々押し掛けられ、小坂屋長兵衛宅に留まっていた中原ゆいと長兵衛は執拗に詰問された。

「皆様がお発ちになりました後、ゆい様は大変なご苦労をなされました。青石畳をゆっくりと踏みしめながらゆい様はさも自然の装いで美保神社へお参りをなされました。然し、松江藩の目はごまかせず、とうとう見破られてしまいました。厳しいご詮議にも屈せず、時にはするりと言い逃れをされて、それは大層ご立派でございました」

「地獄の苦しみは下々の町人にまで及ぶというか。このご時世を何としてでも変えていかねばなるまいのう」

「さようでございますとも」

長兵衛は、直ぐさま帆のついた船一艘と二名の船頭を用意した。

「どうぞ、手結浦より橋津に至るまで、ご自由にお使いくださいませ」

佐善は深々と頭を下げ、美保関を後にした。

手結浦は一転して雲一つない青空。佐善はゆっくりと坂を上り、禅慶院の門口に辿り着いた。禅慶院和尚に声を掛け、共に急な石段を一段ずつ上った。

上り切ってやや左に進むと五名連記の墓が建つ。

佐善は手にした花を捧げ深く頭を垂れて手を合わせた後、墓の木柱に記された五名の名を改めて一人ずつしっかりと確かめた。

武士四名と町人一名の名前がはっきり読み取れる。

遠く広がる日本海、西に遥か長州を臨み、対する故郷の鳥取方面は木々に隠れて、間に間に海が覗く。海原を見渡す絶景の地に眠る同志達を思い起こし、佐善は生涯初めて号泣した。

吉田の赤鞘が目に浮かび、太田の懐かしい声が耳元に蘇る。中野は如何程無念であったろうか、詫間の悲しげな表情が瞼を掠めていく。

五名はここに手厚く葬られている。

「事件後暫くの間はそのままで何の調いもございませんでした」

佐善はその場で和尚に重ねて厚く礼を述べ、踵を返すと再び港に戻った。

離れ難い思いの陰で何故か気になる一軒の船宿に足が向いた。

嵐に遭い、松江藩に押し留められたこの手結浦で、正規の達しが到着する迄の留守を預かったほんのいっ時、相対峙した一人の老藩士渡辺《わたなべ》小叟《こそう》を河田は即座に斬って捨てるべしと言った。たった一人ながら泰然として応じた渡辺小叟はまさに身を捨てていた。

これを斬るは武士の本懐に非ずとして河田の作戦に反対した中野治平、詫間樊六により渡辺は救われ、代わって中野、詫間を含む人質五名が散った。

その時、壊れ掛かった暖簾から宿の主が顔を覗かせた。

佐善が懐かしそうに見やると、主の顔色が咄嗟に変わった。

「まさか、あの折の……」と言ったまま絶句した。

「親仁《おやじ》、ほれ、この通り無事でおる。あの折は厄介を掛けたなあ」

「それにしても、よくぞご無事で」

「おう、あの時出立した我等は皆達者でおる。無念にもこの地で散った五名の今日は弔いでな」

「さようでございましたか」

主はその後は何も問い返さなかったが、佐善の何気ない言葉に誘われたのか、佐善が去ろうとした頃になって漸くぽつりと話した。

「皆様が船でお発ちになられた直ぐ後に、大勢のお武家さまがお着きになり、それは残念そうになさっておられました」

田村図書率いる鳥取藩百五十名である。

「夕刻に催されました酒盛りもただ虚しく思える程で、確か二宮様というお方は最後まで酒席に加わらず、早川久之助様と仰る方はその間中ずっと泣いておいででした」

詫間樊六は、その幼馴染み久之助の手に掛かった。

佐善には酒宴の光景が目に映るようであった。

半時も経った頃、佐善は徐に腰を上げ、二度も辞退する主を言い含めて心付けを置くと、待たせてあった船で一路橋津へと向かった。

でき得るなら、境に住まう我が兄・藤岡神山《ふじおかしんざん》にも一目会いたかった。兄に会えば、同じ地に住まう別れた最初の妻と我が実子『富寿』への恋しさが募り、仮に会うて別れた後は二人への未練が一層増すであろう。

そんな心境をまさか船頭に吐露する訳にもいかず、佐善は断腸の思いで手結浦《たいのうら》を後にし、まっしぐらに橋津へと向かった。

海はその間中ずっと穏やかであった。

「こんなに穏やかな海は久し振りだ。俺達が漁に出る時はたいがい何時も怒り狂っている」

船頭二人の今の顔は何とも満足げな表情に見えた。

複雑に流れ込む潮に逆らいながら、漸く橋津の港に着いた。船賃を渡すと、予想以上に多かったとみえ、船頭達は何度も佐善に向かって頭を下げた。

天野屋の中原吉兵衛宅を訪ねるのも、手結浦で自ら志願して人質となり詫間等四名と共に散った忠次郎の仏前に向かい礼を述べるに外ならず、併せて父親吉兵衛にせめて慰めの言葉を掛けてやりたい一念であった。その吉兵衛は、長州より帰還して後は、ただ仏前に向かい合いながら、亡き倅と酒を酌み交わすのが毎日の務めとなり、決して癒えぬ傷心の痛手とその酒がたたって身体を悪くしていた。

いきなり訪れた佐善に吉兵衛の妻ゆいは一瞬言葉を失った。

「佐善様ではございませんか、どうしてまたここに」

因藩烈士に対する勘気御免の達しは既に中原家にも聞こえている。

「元気にしていたか？」

「はい、このままの通りでございます。して、佐善様は？」

「ああ、私も見ての通りだ。時に、亭主は外出か？」

「はい、今日は朝から港に出たきり未だ戻っておりません」

「さすれば、多少は元気が残っていると見えるな」

ゆいは我が亭主吉兵衛の身体具合が佐善の耳にも入っていると察した。

「さあさ、どうぞお上がりくださいませ。直ぐにお酒を用意させますゆえに」

「その儀には及ばぬ。今日はどうしてもご亭主とゆい殿の顔を見に、そして忠次郎の仏前に参り心から詫びを申したいと思ってな、ただその一心でここに参った」

ゆいは途端に目頭を拭った。真っ先に仏前に座ると、佐善は忠次郎の位牌に向かって長々と手を合わせた。傍らに小さな酒盃が置かれている。

佐善は、吉兵衛が忠次郎と毎日酌み交わす盃だと直ぐに察知した。

「美保関に出立致します折二人が交わした別れの盃でございます。戻りましてからというもの、毎日仏と向かい合ってお酒を注いでは『さあ飲め、もっと飲まんか』と語り掛け、この場に座り込んだまま離れようとは致しませず、時には日の暮れるまでずっと……」

「して、身体の具合は如何か？」

「幾分回復致してはおりますが、その分齢《よわい》が重なったとでも申しましょうか」

その時、女中が酒の膳を運んできた。

「さあ、どうぞお一つ」

「かたじけない。ところで亭主は何時頃戻るのか」

「はい、時には朝出たまま翌日になって帰宅することもございます」

「夜を明かすとは、はて、何処かに妾宅《しょうたく》でもあるのやら」

咄嗟に顔を顰めて見せるゆいの目が笑っていた。

「奉公人に探させておりますゆえ、佐善様がお出でと聞けば飛んで帰って参りましょう」

「ゆい殿にも辛い思いをさせてしまったな。我等が石州へと逃れる折、ゆい殿やお子達に見送られ密かに美保関を発ったあの日が忘れられぬ。あの後、樊六や忠次郎等が手結浦にて人質に残り、そこで追手により無念にも討たれてしまった。むざむざ討たせてしまった我等の罪はまことに重い。そして、ゆい殿もまた、我等が立ち去った後、厳しい詮議を受け窮地に立たされたと聞く」

「皆様のお役に立てましただけでも本望でございます」

ゆいは、小坂屋長兵衛の馴染みの船問屋仲間・北國《ほっこく》に頼んで長兵衛ともども美保関より境に着いたところで折悪しく下町奉行に見つけられ、そのまま米子へと連行され投獄の身となり、七ヶ月を経た翌年三月漸く放免された。

「牢より出でし後も度々吟味拷問を受けたと聞いた。武士の妻にも叶わぬ辛抱と働き、流石は天野屋の妻、痛み入るばかり」

「私は中原吉兵衛の妻にございます」

この時、思わず佐善の目が潤んだ。

「それにしても、吉兵衛夫婦にとって掛け替えのない忠次郎を犠牲にしてしまったのは何とも不覚であった」

これには、ゆいも堪らず、その場に泣き崩れた。吉兵衛が帰ってきたのは、その直後であった。

佐善の顔を見るや、吉兵衛は駆け寄り跪いた。

「佐善様」

「おう、暫くであったな、吉兵衛。すっかりやつれたではないか」

佐善の言葉を聞く先から涙が流れて止まらなかった。

「もうどなたにもお会いしない積りでございましたが、佐善様がお出でになられたと聞き、矢も楯も堪らず大急ぎで戻って参りました」

そう言うと、また大粒の涙を流した。

長州に着き、そこで倅忠次郎の死を聞かされても涙一つ見せなかった気丈な男が、今やすっかり衰えを見せる一介の老いた男に変わっていた。

二人は心ゆくまで語り合った。

「佐善様と斯うしてお話できますのは望外の喜びでございます」

「いや、大事なことを伝えておかねばならぬ。今斯うしてお前達と話ができるのも藩主慶徳公のお計らいによるもの、我が殿こそ最も深くお心を痛めておられるのだ」

「勿体ない」

吉兵衛はゆいともども畏れ多いと深く頭を下げた。

「ただ、忠次郎のことはまことに申し訳なく存じておる。それにしても忠次郎は実に立派な最期であった。まさに『橋津の志士』と申せる見事な生きざまである」

佐善が思わず差し出した手を吉兵衛は即座にしっかりと握り返した。

言葉を発せず、幾度も佐善に酒を注いでは自らも自前の酒盃で酌し、程なく吉兵衛は際限なく酔い痴れていった。

時折見せる吉兵衛の笑顔の奥に言い知れぬ淋しさを見た。

亭主に代わって、ゆいが佐善の相手を務めた。雲間に月が寂しく映える。

丸い月が一瞬別れた我が子『富寿』の顔と重なり、それはあたかも半べそをかいているように見えた。

「月はどうして斯うも切なく映るのでしょう」

感慨深いゆいの言葉に佐善は思わず、「それは、眺むる側の心にも……」と言い掛けて止めた。

「思う心も人それぞれに、先方は空高く果たしてどのように受け止めてくれているのでしょうか」

佐善に返す言葉はない。

「私は境に前の妻と倅を残している。いや、私は二人を捨てた」

前妻と別れ、改めて佐善家へ婿養子入りした佐善元立の話を、ゆいは大分前に夫の吉兵衛から聞かされていた。

「お捨てになったなどと、佐善様には余程のご仔細あってのことでございましょうに」

「私は学問を深め、知識を高めたい、ただそれだけであった。それゆえ、故郷を離れ表へと進まんが為のまこと身勝手な思いからであった」

「時が許されれば、いつかまたお会いすることも叶いましょう」

「今更どうして合わす顔などあろうか。それに引き換え、ゆい殿は無慈悲にも大事な倅殿を失ってしまわれた」

今度はゆいに言葉がなかった。

「いや、ゆい殿に会うて、つい気が緩んでしまい、何ともつまらぬ愚痴を零してしもうた。許してくだされ」

「とんでもないことでございます。叶わぬご心情をこのような私にお向けくださるなど勿体なく、甚だ心苦しく思えております」

佐善は思わず苦笑いした。

「ところで、安子様の許にはいつお戻りに？　さぞやお待ちかねでございましょうに」

「いや、今は考えておらぬ」

「ほんの少しばかり、御み足を伸ばしますれば」

妻安子の待つ我が家はここからそう遠くない地に位置する。

「気丈な女ゆえ、直ぐに私が戻るとは思うておらぬであろう」

ゆいは、それ以上問わなかった。二人の沈黙が辺りの静寂を募らせる。

「まあ、月に叢雲《むらくも》が。明日はきっと雨になりましょう」

「月に我が子を偲ぶ者あれば、昼に遠く父母を想う望雲《ぼううん》の情ありか」

天地はまこと不変に非ずして、人の心を深く惑わしていく。

翌朝、隙間から忍びこむ雨音に目を覚ますと、戸越しの庭一面に草木がぐっしょりと濡れていた。

「今日はどうしても発たねばならぬ」

「何とも憎らしい雨でございます。お駕籠を用意させますゆえ」

「それには及ばぬ。この蓑と笠があれば充分だ」

「さすれば船着き場まで少しのご辛抱でございます」

吉兵衛は神妙な面持ちで先導する。その時俄かに強くなる雨に、忽ち、ゆいの姿が消えた。靄《もや》に包まれ景色は直ぐ先も臨めず、天野屋の館はぼんやりした外形すらなかった。

吉兵衛に暇乞いの間もなく、佐善は急ぎ飛び乗ると舟は慌ただしく岸を離れていく。雨足は増し、船頭焦って漕げども小舟は進まず、まこと頼りなくも呆気ない別れであった。

佐善は暫く海上に幻を求めながら何かに惹かれるようにしてただ遠く一点を凝縮していた。雨は再び強さを増し、やがて激しい音を立てながら一切の外景を遮断する。

佐善は再び京を目指した。

勘気御免《かんきごめん》の沙汰により、二月三日の河田左久馬を先頭に、中井と精之丞の三名が既に鳥取への帰参を果たしている。

だが、残る十三名は勘気御免なるも京詰にて未だ一人も帰参しておらず、京で調練に励むこの十三名同志達を差し置いて自分一人が先行することはできなかった。

これ以上の仇討ちが許されておらぬとはいえ、黒部等遺族の存念が晴れる筈もなく、佐善が仮初めに戻れたとしても、いつ何どき遺族等の目に触れるやも知れずと思えば、今は帰郷など到底叶えられるものではなかった。

轟音の彼方 ——山国隊誕生——

慶応三年（一八六七）九月、丹波国桑田郡山国庄《くわたごおりやまぐにしょう》には、午後から降り出した雨脚が少しずつ速まって、もういっ時ほども続いていた。

間もなく周辺の景色をすっかり遮ると、昼か夜かの区分けさえつかず、その勢いを一層増したまま、夜になっても一向に止む気配がない。

篠突く雨とはまさにこのことか、不気味なほど強く降りしきる雨の音もいつしか聞き慣れて、やがて夜も更けようとしていた。

直ぐ近くを流れる大きな川が既に堤防一杯にまで水嵩を増していた。

いつ川が氾濫して家もろとも押し流されても不思議のない状況の中で、どの家も家族が脅えながら身を寄せ合って無事時が過ぎるのを祈っていたが、時折、耳に入る不気味な音におののき、恐怖心は募るばかりであった。もうそろそろ夜が明けるであろう時刻になって、突如とてつもない轟音が闇を裂いた。

生きた心地もせず、観念する家もあれば、ひたすら読経する主もいる。

豪雨の中、辺りの情勢や家々の状況などまるで分からず不安は一層深まるばかり、乳飲み子さえ寝付かれずにいた。言い知れぬ恐怖の中でゆっくりと夜が明けていく。藤野家は代々名主《みょうしゅ》の名家であり、他の農民の家に比べて敷地は広かったが、大きな川が氾濫したとなれば危機に瀕するは同じである。

雨の止むのが先決であり、続いて夜が明け周囲の状況を知ることであった。

藤野斎は家族に不安を与えまいと自ら努めて冷静を装っていたものの、流石に村ごと流される恐怖にはなす術もなかった。

轟音はいっ時のことだった。やがて雨の音も消え、間もなく静寂の中に僅かな薄日が差し、ゆっくりと朝の到来を告げていく。

藤野は静かに立ち上がり、しっかり閉じられた格子窓を力強く引いて外に目を遣るとそれはまるで別世界と化していた。

大堰川《おおいがわ》は既に川の体をなしておらず、昨日までの山野が一転して海原と化し、周辺は見渡す限りの水景色である。

年老いた爺やが直ぐ脇に立ち、藤野の斜め後ろからおそるおそる覗き込むようにしたが、直ぐに顔色が真っ青に変わり、身体は途端に硬直して暫くはその震えが収まることがなかった。

家族等は息を殺して主の次の言葉を待っている。

遠くに僅か数軒を残すだけで、隣の家は二軒とも影も形も失せていた。

氾濫した川がまだ徐々に水嵩を増している。

物音一つも立てられない程の脆弱な状況の中で、藤野は家族に必要以上の恐怖を持たせないように、家内を静かに見回った後、再び周囲を見渡しながら、やがて入口の戸を静かに開くと、厄介そうにして足を踏み出した。

その瞬間、水が土間に流れ込んだ。一斉に身を引く皆を藤野は自分の許に呼び寄せた。

「ちょっと外へ出てみなさい。子供達は土間に下りてはいけない、格子窓から覗いてごらん」と言った。

水に膝上まで浸かりながら土間を出る妻と、格子窓から覗き見る子供達が声を揃えて叫んだ。

「いやー、まるで海のようだ」

向かいの農家の下部分相当が水に浸かったまま、入口を開けることさえできず、僅かに窓の格子を開けて外を窺っている。

「川が氾濫したようだ」

「周りの家は何とか流されずに済んだのでしょうか」

爺やの上ずった声に、誰もが一様に固唾を飲んだ。

「そうかも知れないが、ただ水嵩は依然として増している。油断はできないぞ」

半時も過ぎた頃になって、水嵩は漸く落ち着き、やがて日の射すのに伴って水が徐々に引く気配を見せると、周囲の農家は一斉に外に出て家周りの修復に掛かり始めた。間もなく他の村からの情報と伝令が届けられた。

「隣村では二軒が流されたが、一家は何とか生き延びたようだ。他には被害が少なく、どうにか甚大には至らなかったようだ」

「でも、これでは元に戻る迄にどれくらいの時が入り用になるのでしょうか。日照りの後のこの大雨では」

日照り続きで既に今年の稲の収穫は殆ど断念せざるを得ない状況にあったが、この雨で僅かな収穫の望みも断たれてしまった。

つい今しがたは時ならぬ豪雨で生死の境に立たされていた。

いっそ、あのまま雨が降り止まず、不運に身を任せていれば、苦しい年貢の取り立てからも逃れられたであろうと喚く家長もあれば、子供だけは何とか助けてやりたいと必死に泣き叫ぶ女房もいて、夫々の家は文字通り計り知れない苦しみの渦中に置かれることになった。ただでさえ貧しい農家にとっては、生きる術を奪われようとするぎりぎりのところにまで追い詰められていた。

周囲一帯を覆い隠した水がゆっくりと引き始め、水嵩が徐々に下がって、再び川の原型が現れるまでにはその後一昼夜を要した。

大堰川《おおいがわ》上流域に位置する山国村は、森林に恵まれ、かつて平安京の造営に際し、この地で伐採された大量の材木を大堰川に流して山城に送り、京《みやこ》の造営に深く貢献して以後、ずっと天皇が領主となる禁裏御料地としてその名を歴史に刻んできた名勝の地であった。その一方で、この大河は、因幡の千代川《せんだいかわ》と並ぶ暴れ川として、度々農民達を苦しめてもきたのである。

慶応三年（一八六七）秋、桑田郡山国庄は、こんな悲惨な最中と厳しい生活環境の中にあってなお、討幕に向かって自前の軍隊を整えていかなければならない宿命を負っていた。そしてこの事こそ、新しい国家作りを目指して進軍する名誉を担い、古くから皇室領として続いた山国村の尊厳を維持するものと信じて疑わず、村を挙げて取り組んでいったのである。庄は村の支配階級の名主が延暦《えんりやく》年間から皇室に良材を貢納し、時に新穀を、また毎年大堰川に産する魚を宮中に献じていた関係で皇室領として認められていたものが、江戸時代に入ると朝廷、大原三千院、旗本の三つに支配されるようになった。

然し、幕末になって名主の一人であった藤野斎等が再び朝廷領に戻すべく運動を図り、藤野斎が慶応三年十二月に至り漸く官位「従五位」を拝任、この丹波の一農村である山国村が組織した農兵隊の沙汰人（取締役・首領）として軍を率先していくことになった。

斯うした状況下で起こった戊辰戦争への参加は、この朝廷拝領・拝任の成就を確かなものにするに必要欠くべからざるものであり、その背景からして手弁当での参戦も止むを得なかったのである。だが、故郷に家族を残し義勇軍を率いる藤野には大きな試練が待ち受けていた。

そもそも農民で編んだ軍だけに、各人のひ弱さは否定しがたく、ともすれば崩れやすい内部の結束力と、もう一つ、新政府軍の財力が乏しい理由により財政支援を受けられなかった為、幕府軍と戦う以前に戦費と隊員の一切の生活を自前で賄わねばならず、その為の金策に奔走せざるを得ない事情があった。

以後、第一山国郷士隊山陰班を受け持つ藤野斎はずっとこの難事に煩わされることとなり、その為、度々戦場を離れ、不在のまま前線指揮を取らざるを得ないことさえあった。

一方山国庄にあっては、幕府打倒の東征に当たり、山陰道鎮撫総督《ちんぶそうとく》の西園寺公望《さいおんじきんもち》が新政府軍への参

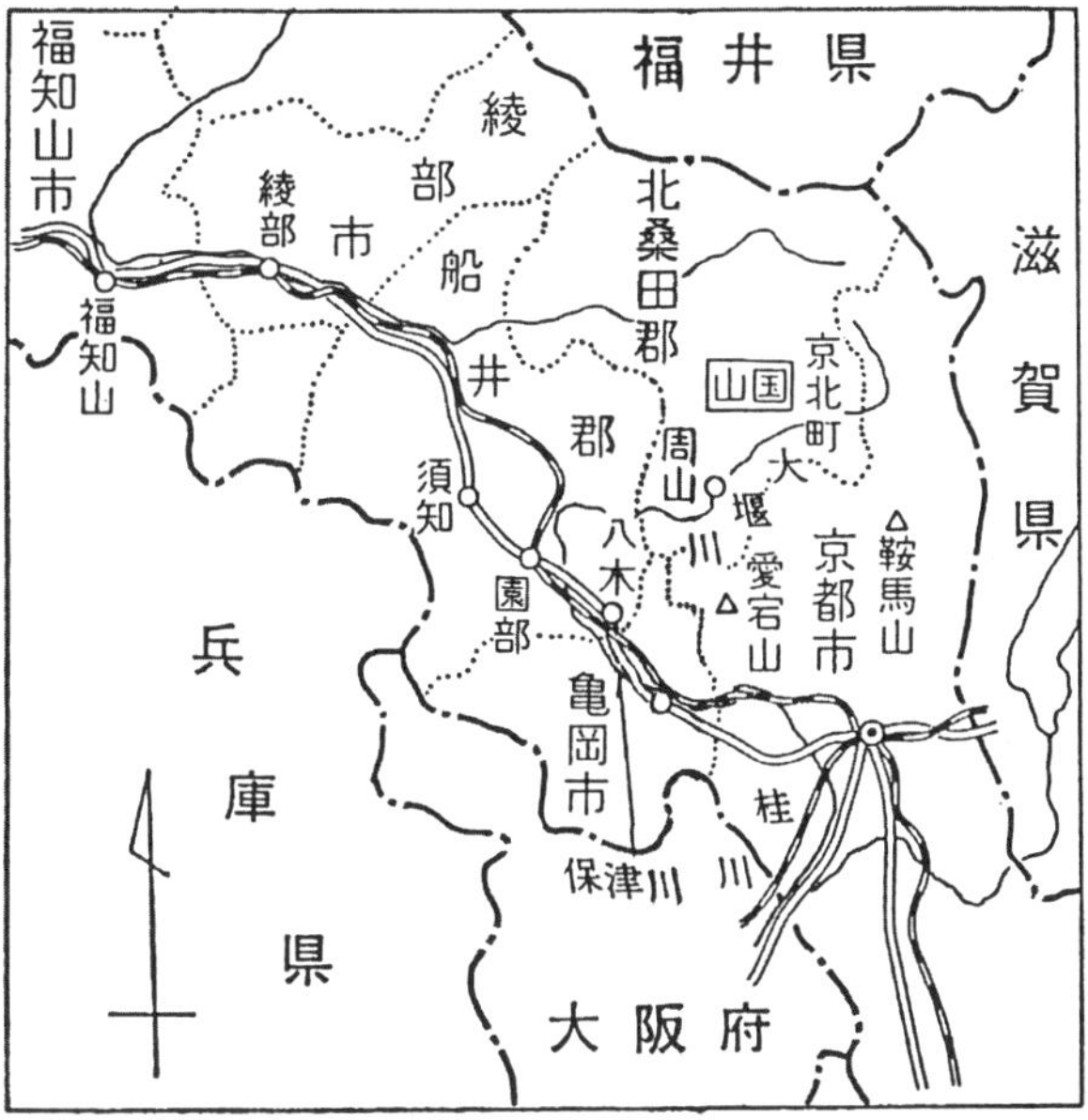

山国付近略図

加を促す檄文が配布されるや、山国庄の郷士隊は直ぐに勤皇義勇隊の結成を図り、逸早く参戦を表明した。

明けて慶応四年（一八六八）一月十一日の郷里出陣の際には、山国神社社頭にて誓書を捧げた。

だが、農民で編成した俄か軍隊に対する世間の風当たりは強く、同じ志を持つ他藩の武士の中には反対する者もいれば、一笑にふす輩もいて事は難儀した。藤野は同じ山陰道に位置する鳥取藩と行動を共にする示唆を受けており、先ずはこれに取り入ろうと図ったものの、この工作に手間取った。

「戦をしたことのない農民に一体何ができるのだ」

「我々は確かに戦の経験はありません。然し勤皇の志は武士の皆様にも劣らぬ覚悟です。固より命を落とす覚悟なれば、どうぞお仲間にお加えくださいませ」

「戦とは戦場で戦って初めて恐ろしさが分かるというもの。お前達に戦など到底できるとは思えぬ」

藩士達の対応は厳しく、十六日鳥取藩士・伊王野治郎左衛門《いおうのじろうざえもん》が参り、当隊が既に定員に達しており更に募ることができないとして、速やかなる帰郷を促した。

藤野はこれに納得せず、伊王野を説得して漸く参与役所への出頭取次が許された。そして参与岩倉具視に面会し直々事由を述べ懇願したところ、後日、「一小隊を編成して鳥取藩の手に加わり、万事同藩の指示を仰ぐべし」との命が下された。

斯うして桑田郡山国庄の村民達が予て念願した勤皇義勇隊は誕生した。

然し総勢八十余名の山国郷士隊はその処遇を巡って意見がのっけから割れた。

戦局の急激な変化により、大坂から京都へ引き返してきた第二郷士隊なる大坂班が敢然と異を唱えたのである。

「いやしくも、先祖より天皇直轄の地より馳せ参じた我が隊が何ゆえ因州の鳥取藩に帰属しなければならないのか」

大坂班の河原林小源太、鳥居五兵衛等が開口一番斯う言い放った。

山国庄は古く桓武《かんむ》天皇の時代にまで遡り、古文書に依り『桓武天皇の御宇山城国長岡へ御遷都御造営につき、丹波国北山中御山国庄を御杣御料地《おそまごりょうち》と定められ、平安京遷都の折にも良材を捧げ造営の工を成し遂げた』と記され、その後相応の私領を拝受し、その子孫連綿として山国庄に居住するとされている。

「然し、西園寺公望公直々のご命令となれば、これに反抗することも叶わないではないか」

「かつては、京の造営にお役立てもし、光厳《こうげん》天皇ご出家あそばし折には、隠遁された由緒あるこの山国にとっては些か不快である」

他の幹部がそう反論するのを受けて、本多帯刀《たてわき》が更に重ねた。

「拝任して官位を有する者が陪臣の鳥取藩主の下にいるのは如何にも朝威を軽んずる。いっそ独立の親兵隊を組織して再び宮直属を願い出ようではないか」

藤野がこれに静かに応えた。

「だが、我等はこと戦に関しては烏合の衆に過ぎない。ここで独立を言い張ったところで採用されなければそれまでのこと」

藤野のその発言でその場は一度は収まったかに見えたが、意見の食い違いによる禍根は残り、結局その後、隊は二手に分かれて行動せざるを得なくなった。

以後、大坂班は自ら親兵組と名乗って活動することとなるが、一度断られた仁和寺宮への従属願いを再度出し直すものの、山陰班との合流の外は認めずとして、悲願はとうとう叶わなかった。

一方、第一山国郷士隊は、京に残って天皇警護の役目を担う水口市之進を頭とする二十三名の部隊と東山道を進軍する藤野斎が率いる三十四名の小隊とに分かれてそれぞれの任務につくことになった。

この時、三十八歳の藤野は十歳年上の水口に向かって「君は蕭何《しょうか》たれ、我韓信《かんしん》たらん」と言った。まさに山国隊の心意気の程が窺い知れる一言であった。

進軍部隊は因州鳥取藩の付属部隊としてその指揮下に入ることが確定した。

進軍部隊の隊長を任された藤野は真っ先に鳥取藩参謀である河田左久馬の許を訪れた。

「河田様、我等は固より命を投げうってここに臨んでおりますゆえ、どうか我等に応分の働き場所をお与えください」

「いや、何分宜しく頼む。身命を賭すのは我等とて同じ。然し、山国隊の面々は戦をしたことがないゆえ、些か気に掛かるところだ」

「たとえ戦の経験がないにせよ、我等には日頃培ってきた鉄砲の技があります。また、日頃山で鍛えた足腰と強靭な体力できっとお役に立つでありましょう」

藤野は瞬間胸を張った。

隊士達は山で生計を立てていたが、その多くは筏士として充分鍛えた肉体の持ち主であり、しかも山の狩猟で射撃の技を身に付けた鉄砲の名手でもあった。

その時一瞬隊内の軋轢が藤野の脳裏を掠めた。

藤野の言葉が滞る一瞬を捉えて、河田がすかさず言った。

「どうしました、何か不安なことでもあるのですか」

「いえ、我等には天皇直参という誇りがあり、それにも拘わらず、正規軍として認められない不満がございます。とりわけ、名主層にその思いが強く、一方では従士層との間の身分関係でも今度は従士側に不満が出ているのです」

「正規軍でないからといって戦に分け隔てがある訳ではないが、寧ろ上下関係の方が気になる。無用の差別が時に隊の統率を乱しかねない。そうでなくても、最近は各藩とも必ずしも意見が定まっておらず、一度は勤皇を表明しておきながら、今なお迷っている藩もあるくらいですから」

「我等にその心配はご無用に願います」

「それは無論承知しています。そうではなく、他藩の尊皇思想が果たして本物かどうかを朝廷は大層気にしており、その為、疑いある藩には進軍の際の先鋒を任せ、第一線での敵方との戦いぶりを具に見るようにしているといいます」

河田の言葉に藤野は驚いた。

「斯うした中で、この隊が割れるとなれば、無用な疑いも掛けられようもの。ゆめゆめ統率に抜かりがあってはなりませぬぞ」

「分かりました。これは私奴《め》の役目にございます。きっとお約束致しましょう」

河田左久馬と藤野斎の揺るぎない信頼関係はまさにこの時から始まった。

だが、藤野はもう一つ厄介な問題を抱えていた。

付属隊となれば、朝廷からの支援金が支給されないことになる。

戦費から京警護に当たる経費、生活費一切を自費で賄わなければならないのだ。

河田は無論これを承知していたが、新政府軍の財政難、鳥取藩の窮乏事情も考慮して、自らこれに触れることはなかった。

そして、鳥取藩もまた、幕府につくべきか、新政府軍に加担するべきかで藩論は今なお大きく揺れていた。佐善元立等因藩烈士の殆んどは京に留まり、この東山道軍には参加していない。

藩主池田慶徳はこの時病に臥しており、一家老の決断で漸く新政府軍につくことに決したのだが、藩は三隊に分かれて討幕戦に参加する旨決議し、結果的に東山道軍に加わった多くは上級武士ではなかった。

それは他藩とて同じである。既に刀槍で争う時代ではなく、銃火器を主体とするこの時期にあって、もはや武士より足軽・農民兵の役割の方が遥かに大きかったことも大きな理由の一つであった。

河田は誰よりも早くこの事実を認識しており、取り分け藤野が率いる鉄砲術に長けた強靭な体躯の精鋭部隊には密かに大きな期待を寄せていたのだった。

即ち、禁裏《きんり》御料地を守る役目がら西洋式の訓練を受けていたばかりか、山村の狩猟で慣れており銃の射撃にはずば抜けて秀でていたのである。

鳥羽伏見の戦いの中、山陰道鎮撫総督の任にあった参与西園寺公望が京都を出発したのが慶応四年（一八六八）一月五日、更に同日、参与橋本実梁を東海道鎮撫総督に任じ即日京を発たせている。

翌六日に新政府軍の勝利を確認すると、公卿諸侯の去就を決めさせた上で、十日には徳川慶喜征討の大号令を広く諸道に公布した。

東山道・北陸道各鎮撫総督、中国四国追討総督が矢継ぎ早に決まり、すべて月内に各地を発っていった。

鳥取藩傘下として東山道従軍の任を与えられた山国隊の一行は今や遅しと待ち構えるものの、やはり一抹の不安は隠し切れなかった。

従軍部隊二十八名を率いる小隊長藤野は出陣を前に密かに面々を呼び寄せた。

「間もなく出陣命令が下るであろう。我等の意気込みを見せる時がきたというもの。決して気負ってはならないぞ」

名主層でさえ緊張するものを、況して従士層の連中は浮足立っていた。

先ずは二十八名が予定され、従士達は郷士からそれぞれ心構えの手ほどきを受けた。

「少しの間は酒でも飲んで気を紛らわしておくのもよい」

藤野の言葉に、辻肥後《つじひご》が重ねた。

「そう、この時だけは酒色も許されるであろう。一たび隊に加われば殊の外軍律は厳しいもの」

若い者達が思わず下を向いた。

「村じゃ、俺達のいない後を担ってせっせと田んぼや畑に精を出している。きっと皆泥だらけになって働いているに違いない」

「たとえいっ時たりとも酒色に溺れるなどもっての外だ」

遊郭に消える若者は一人とてなかった。世情は混沌として、飢えに苦しむなど、庶民の生活は貧しく、人々はすっかり疲れ切っている。借金の肩代わりに家の主が泣く泣く娘を遊郭に差し出すのも半ば公然の事実となっていた。

偶々踏み入れた廓で近隣農家の娘と出くわすのも決して珍しいことではない。

「どの村も日照り続きと洪水で米も野菜も獲れず、止むを得ず娘達が身を売られるのも一所帯や二所帯ではない」

「俺達が戦に志願して年貢の取り立てが毎年の半分に減らされれば、皆大助かりだ。こんな苦しい生活から早く立ち直らなければ」

「朝廷の錦の御旗の下、この俺達が進んで戦に参加して家を楽にしてやらねば」

若者の目から思わず涙が零れ落ちた。斯くして、山国隊は出陣の途についた。

時を同じくして一月十一日、新政府から出された徳川慶喜追討令に対し、鳥取藩主池田慶徳は進退伺いとなる待罪書《たいざいしょ》を差し出した。

総裁有栖川宮の勧告もあって、慶徳は官を辞して出家し、職を嫡子輝知に譲るべく藩主退隠申請書が提出されることがほぼ決まり掛けていた。

「ご長子新次郎《しんじろう》様が生後僅か八ヶ月で亡くなられたこともあって、ご次男の輝知《てるとも》様（慶応二年、三知《みち》麿《まろ》から改名）を溺愛なさるのも無理からぬこと」

河田の言葉に渋谷平蔵が応える。

「ご正室との間にお子はなく、新次郎様、輝知様共に、ご側室野本波《のもとなみ》様との間にお生まれになったもの。ご長子の名を新次郎様としたのも、もし後になってご正室にお子様がおできになられた場合、そのお子様をご長子にという殿の深いお考えによるものと聞く」

だが正室寛子《ひろこ》は結局子宝に恵まれず、輝知を自らの子として養い、後に正式に世子《せいし》に立てたのである。

然しこのことで藩内は揉めた。

家督相続の策を進める京詰家老荒尾駿河の背後には有栖川宮がおり、これに関わる薩長藩との連携に河田左久馬が絡んでいるのではないかという藩内専らの噂であった。

新政府の地位を揺るぎないものにする為には、一藩でも多く恭順させ、その事実を内外に伝える必要があった。

これまでとかく曖昧と見なされていた鳥取藩の態度をここで明確に新政府側に移し、これを内外に示さんとする河田の専らの企みだと読まれていた。

「これには河田左久馬が大いに関わっていると聞く」

「斯かる家督相続など我が藩には該当せぬものと心得る。此の度は申請に及ばずと思う」

「仮に申請に及ぶとして、後継は果たして僅か八歳の輝知様でよろしいのか」

家臣の議論が沸騰するのを見た太政官代が、慶徳の隠居を認めた上で、その相続者に支藩である西館《にしやかた》新田藩の池田徳定《のりさだ》を指名した為、藩内は再び動揺し、家臣間には一層の不信感が生まれる結果となった。

とうとう山陰道鎮撫総督西園寺公望が乗り出す始末、結局、西園寺の帰京を待って沙汰が下されることとなった。

この退隠《たいいん》願い事件は藩主の統治権限を損なう一大失態となったが、名君の誉れ高い米沢藩主上杉鷹山《ようざん》があわや家臣等による「藩主押し込め」に遇い掛けた如く、斯かる事態は、「お家大事」を掲げるが故に各藩ではしばしば見られる内紛劇でもあった。鳥取藩にあっては、その要因が慶徳の性格によるところ大きく、お上に対し何事にも忠誠心を示す慶徳ならではの行動によったとも言える。

血の盟約書 ――甲州勝沼雨の初陣――

慶応四年二月、岩倉具定を鎮撫総督とする東山道軍に命令が下った。

具定は岩倉具視の第三子（次男）であり、この時僅か十六歳。

初めは討伐が従で、鎮撫が主目的であった為、兵力も少なかったが、途中で天皇の親征が出されたことにより俄かに兵力を増強するが、軍事費の調達が容易でなかった為、止むを得ず大垣《おおがき》に滞留する。

この時、薩摩・長州・土佐が主体となって一隊を成すも、総兵力四～五百名であった為、増強の命が土佐藩と鳥取藩に下され、鳥取藩付属の山国隊もここで初めて出陣に及ぶ。

新政府軍は、枯渇する軍事費の調達に躍起となっていたが、何とか京の豪商に頼み込み、大枚百万両を捻出させるのに成功した。

二月八日、鳥取藩家老荒尾駿河の付き添いを得て、山国隊藤野近江守と水口備前守の二人が議定の岩倉具視へのお目通りを許された。

「草莽《そうもう》の身でありながら殊勝な心掛けである。因州藩に付き差し当たっては中立売御門の警備に当たるがよかろう。そう、名を『山国隊』とするがいい」

ここに正式に山国隊が誕生し、世に言う官軍にその名を連ねた。

二月十三日は夜来の冷たい雨。総指揮官鳥取藩家老和田壱岐を旗頭とし、下参謀《しもさんぼう》河田左久馬及び馬場金吾を山国隊長兼務に据えて進軍する。

降雨止まない中、既に先着していた薩摩藩一部隊と草津にて合流すると、本隊一行の気持ちはいやが上にも高揚した。この時従軍する山国隊は、途中の鳥居本宿陣で六名が加わり、総勢三十四名となっていた。

翌朝、美濃国を経由して今津駅に到着、この地に宿営してその翌日は未明に出陣して関ヶ原へと向かう。この時から強雨に変わり、ぬかるみに足を取られて草履は破れ歩行は極めて困難となった。

薩長土因の兵隊は極めて厳重警護の中を行軍、漸く大垣城に着陣する。ここで鳥取藩烈士二十名の一人中井範五郎が外交方・御総督御本陣詰に任命された。

佐幕派で仮想敵地の第一番目とされていた大垣藩が、新政府軍に対しあっさり恭順の意を表したことから交戦は回避され、無事この関門を通り過ぎることになる。然し、ここで滞留する三日の間に山国隊の内部で大きな出来事が発生した。予て内部軋轢の原因となっていた従士階級の身分問題が再び浮上、出征隊の主体であった郷士階級に対する不満が一気に噴き出してしまったのである。

これには布石があった。数日前、岩美郡新井村の村上源蔵という隊士が自刃していた噂が山国隊の耳にも入っていた。

「輜重《しちょう》の運送に抜かりがおしたことを酷く咎められて近くの林の中で自刃して果とったそや」

「新井村里正の農民やったそや」

戊辰戦争での鳥取藩最初の犠牲者はこの農民であった。

「農民であっても自刃せんとならん。上下の身分をとやかく言う時代やおへん」

「その通りや。それにしても、我々は相も変わらず下働きしかさせてもらえず、ほしていて、いざ戦となれば同じ危険な状況に置かれるんや」

藤野の個人従者である橋詰千代蔵や久保秀次郎の個人従者久保為次郎のような者達は本来主人に奉公するだけで事足りていた。だが、此の度のように、いざ従軍となれば話は別である。先の一月の出陣に向けた会合には、郷士のみならず、従士も堂々同席を許されており、従士達の心構えも自ずと違っていた。

況して恩賞のくだりまで出されたとあれば、拗れるのは当然である。

「忘れもせいへん、去る一月十日の会合では、我等従士の同席が許されたばかりか、将来戦功を立てたなら郷士に昇格もさせるとお約束してくださったやあらしまへんか」

橋詰治兵衛が詰め寄ると、すかさず北小路源三郎が続けた。

「それればっかりやあらしまへん。軍功あって恩賞やらなんやら受ける折には、我等従士かて分け与えるとのことどしたが、あれは我等を軍隊に呼び寄せる為の便法やったのどすか」

理詰めの攻勢に郷士側も応えようがない。

「だいいち、この東山道軍編成に当たっては、我等山国隊は正規軍にもなれず、その上、鳥取藩軍からまるで足手まといになるみたいに言われています。そない事情は郷士の皆はんが一番お分かりやあらしまへんか」

次々に口を吐いて出る従士達の訴えに郷士達もすっかり黙り込んでしまった。

「いくら鉄砲に明るいとは言え、戦の先陣となれば、刀と槍の争い。我等には剣術の心得がまるでないことも事実だ」

「確かに我等は追い詰められている」

郷士からも自信のない言葉が口を吐いて出る。

「そして、今や差し迫った問題がある」

辻肥後の言葉に皆が一斉に目を向けた。

「それは如何なる意味でっしゃろ」

「鳥取藩は事あるごとに、我等に手を引け、ここから退却せよと言うのだ。つい先程も聞えよがしに言い放つのを耳にした」

藤野が皆の前で敢えて語らなかった事実である。

「このままでは村に残って苦労している父母兄弟に申し訳が立たぬ。この上はいっそ我等盟約書をもって訴える外はない。他人の勧誘や強制に依らず我等各自の覚悟をもって戦に赴く旨の盟約を指し示そう。我が隊の間では身分に上下隔たりのないことも併せ認《したた》めようではないか」

この提案は画期的なことであった。

「それでは、黒印をもって、印判なき者は拇印をもって署名すべし」

その時、藤野の言葉を遮るようにして辻定次郎が口を挟んだ。

「拇印など後世の物笑いとなる故、いっそ血判をもって致したい」

これに、大前、高室等が呼応し、他の従士が同調した。

「然し、そこまでの必要もないであろう」

再び藤野が否定すると、定次郎は更に言葉を重ねた。

「いや、こんなことでは我等の心意気が参謀局に通じる道理がおへん」

藤野の班に属し、もっぱら藤野の世話係をしていた定次郎が発した言葉だけに周囲は唖然とするが、その迫力には思わず一同圧倒された。

「大字・小字の区別がおますようでは、従士の覚悟が示されまへん」

その時、藤野は悟った。

郷士の名は皆大字で書き記されたが、小字で記された名はすべて従士のものばかりであった。

定次郎に勇気づけられたのか、他の従士達もこの時ばかりは目の色が違って見えた。これまでの憤懣が一気に噴き出したのだ。

それは、京を出陣するに当たって、最初に申し合せた郷士・従士の区別なき一隊である旨の必死の訴えであった。

藤野は結局これを受け入れ、全員血判による盟約書ができ上がった。

既に黒印を押していた藤野と辻肥後はこの黒印の脇に更に血判を押した。

斯うして山国隊の一致結束は固まり、憂いを残さず戦に向かうものと信じて疑うことがなかった。

藤野以下三名は、その夜この盟約書を携えて参謀局に出頭し、血判状を差し出して隊の決意の程を告げながら従軍の陳情を述べた。

流石の参謀も、一行の決意の固さを知って、これを快く応諾した。

「お主の考えが功を奏したぞ」

藤野がそう言うと、定次郎はその場で深く目礼した。果たせるかな、この月二十日、遂に山国隊に翌二十一日の発陣が命ぜられ、ここに漸く所期の目的を達成するに至った。

従士達の思いをよそに、藤野は肥後に密かに反省の意を漏らしていた。藤野にはそれだけの度量があり、周囲をまとめる才覚と、何より厚い人望があった。

斯くして陣容強化なった山国隊は鳥取軍とともに、先鋒総督より一日早く大垣を出陣し、更に東へと進軍していった。

新政府軍の軍律は殊の外厳しく、藩士一名が軍律違反で打ち首にされる事態が起き、藩、部隊を問わず、全体に深い緊張が走った。

十日後の三月三日、上諏訪滞陣中にて、これまでの隊長馬場金吾《ばばきんご》に代わり、新たに河田左久馬が山国隊長に任命され、同じく鳥取藩の北垣国道、原六郎が司令士として配置された。

河田は初めから何かと山国隊贔屓《びいき》であり、山国隊員の実力と各人の一途な思いを誰よりも逸早く理解していた為、山国隊にとってはまことに幸いした。そこには、河田一流の策略もあった。

山国隊員の純朴さに目をつけ、彼等を指導鞭撻《べんたつ》して戦功を立てさせ、もって鳥取藩の名声をも高めようとする魂胆が見え隠れしていた。

大垣滞在中、河田は藤野を部屋に招じ入れた。河田はえらくご機嫌であった。

「いける口であろう」

「はい、出が出でございますから、酒にはとんと限りがございません」

「それは頼もしい。然し、それにしても貴殿のまとめ役は実に見事と言う外はない。到底私には真似のできかねる業だ」

「いえ、何かにつけ河田様がお支えくださるからでございます」

「どうして、なかなか口も達者なものよ」

「いえ、これは本心でございます。それにしても、一時は如何相なるかと思いました」

「我が藩が貴殿等に帰京せいと迫った時のことであろう」

「ええ、随分と難儀致しました。鳥取藩の方々ばかりではありません。『役にも立たぬのに』『引き返したらどうだ』などと言われ、一方、同志には『いっそ独立しようではないか』と毎日のように責められて、それは困り果てております」

藤野は気を許したのか、飲む程に饒舌となって、ややもすれば、河田を追い詰める場面もあり、途中で気づき慌てて詫びを入れる始末、流石の河田も分が悪かった。

「御内儀《ごないぎ》やお子達も達者にお暮らしであろうな」

河田の言葉に思わず我に帰る藤野は、この時ばかりは微かに顔を曇らせた。

河田は殊の外、この藤野を重宝した。

そして、この地で、東山道軍の薩摩・伊知地《いじち》正治と土佐・板垣退助の先鋒総督府《せんぽうそうとくふ》両参謀が協議した結果、伊知地の本隊がそのまま東進、一方の板垣は土佐藩兵と鳥取藩兵を率いる別働隊となって甲州街道を通り、幕府天領の甲府を目指すこととなった。

板垣はその夜、各部隊長を集め作戦を開始した。

「先ずは甲府城を目指すが、敵軍も甲陽鎮撫隊《こうようちんぶたい》が甲州制圧を目指して既に出陣していると聞く。先手を打った方が有利であることに違いはない」

「敵方の大将格は大久保某と聞いております」

この時、副参謀が指す敵将の名に一同さして疑問を抱かなかった。

「新式のミニエー銃や砲も用意していると聞き及んでおります」

下参謀河田の言葉に板垣が間髪入れず応えた。

「我が方も、鉄砲隊を前面に置きこれに立ち向かわねばならない」

この時、板垣の脳裏には河田率いる鳥取藩兵があった。

狩猟で精錬された山国隊の鉄砲技術は早くから注目されていたが、実際は、鳥取藩も未だ旧式のゲベール銃しか装備していなかった。

先陣を争う中、甲陽鎮撫隊より一足先に甲府に到着した板垣軍が難なく甲府城を落とした。この後の甲陽鎮撫隊との一戦で、大久保と名乗る敵の大将が実は新選組を率いた局長近藤勇であることが、かつて新選組に所属し今は新政府軍に従軍する兵士によって見破られた。その後、板垣軍は大軍故に一度に行軍するは如何にも効率悪く、その為、河田左久馬率いる部隊と土佐藩軍監谷干城《たにたてき》率いる部隊とに分かれ進軍することを決め谷部隊が先行する形とした。

一方、行軍途中でこれを聞いた近藤勇は止むを得ず甲陽鎮撫隊を甲州勝沼に引率し、勝沼村の柏尾山麓に布陣した。

然し、新政府軍に対し如何にも味方の数が手薄と知ると、同じ新選組から伴っていたかつての同志土方《ひじかた》を逸早く江戸に走らせ応援を仰ぐとともに、この地に背水の陣を敷いた。

三日後、一行が上諏訪を経て甲州勝沼に差し掛かった昼のことである。

関門でいきなり甲陽鎮撫隊に激しく抵抗され、一瞬劣勢になったものの、何とかこれを破って柏尾山に進むと直ぐに土塁を築いて橋を落とした。

その後、土佐部隊が三方に分かれて責め立てたので敵軍はじりじりと退散し始めたが、数で劣るとはいえ甲陽鎮撫隊の守りは意外に固く、谷部隊が苦戦を強いられる中、河田部隊が漸く追いつくと戦況は一変した。

河田には常に自信と信念があった。先鋒を務める山国隊には初陣であり、まさに最初の大きな試練であった。

鳥取藩部隊は河田の掛け声とともに前へ進み、相手軍の気勢を一気に殺《そ》いだ。何せ官軍、相手は賊軍の汚名を着せられ、初めから勢いが違っていた。

山国隊も果敢に攻め込んだが、如何に鉄砲術に長けているとはいえ、剣術はからっきし駄目である。そんな中で、辻繁次郎率いる第四伍隊が先頭を切った。第三伍長水口源次郎の部隊がそれに続き、結果的には敵の真横を攻め討つ格好となり、瞬く間に倒れ込む相手方の隊列に鳥取藩兵が突っ込むと敵陣は途端に後ずさりした。

この時、河田を庇うようにして、中井範五郎が立ちはだかると、敵はずずっと引き下がり、これに勢いづいた新政府軍が一気に攻めに転じた。その途中、勇敢に抵抗する敵二人をあっさり斬り捨てた。敵数名が倒れ、こちらも一名が肩から袈裟斬りされ蹲ると、途端にその場の緊張が高まった。

然し、次の機先で相手二名が一瞬にして倒れ伏すと、その勢いに乗じて突き進み、瞬く間に勝敗は決した。

間もなく後続の本体が合流すると一層勢いづき、後退する敵軍を鶴瀬《つるせ》まで追い掛けるが、とうとう闇に紛れてしまう。

その時、敗走する最後に思わぬ男の背中を見た河田が咄嗟に叫んだ。

「あの折の詫間樊六を覚えておろう。奴は衆寡《しゅか》敵《てき》せず手結浦にて散ったぞ」

近藤勇の足が一瞬止まった。

振り返りざまに見せた近藤の顔はまこと無念の表情に見えたが、あの折の生気は既に失せていた。

幽閉先より長州へと逃れる際、人質に残したまま死なせてしまった因藩烈士同志達の姿が瞬間河田の脳裏を過った。

今は立場が代わって追われる身の近藤勇、かつて京にて剣を交えた詫間樊六の名をこの時近藤はどんな思いで聞いたであろうか。

闇夜に消える近藤の背中にそこはかとない哀愁を覚えたのは、無論河田だけであった。

追う者、追われる者、戦ういずれもがお国の為、主君の為、民の為と信じ込んでいる。一瞬の隙に、再び昔の記憶が蘇っていた。

雨が一段と強く降りしきる中、藤野は河田の傍らにつき大きく肩で息を吐いた。

後の鶴瀬関門警護を宮脇隊一隊に任せ、他は再び勝沼に帰陣するが、この戦で鳥取藩二名が戦死、一名が深手を負うことになった。

各人が改めて戦の怖さを思い知ったであろうか、山国隊士のどの顔も青ざめていた。翌々日には笹子峠《ささごとうげ》を越え、猿橋を過ぎて八王子へと進み、更に数日を経て入った内藤新宿、千駄ヶ谷、青山等にて敵の銃器火薬庫を押さえて封印、市ヶ谷尾張藩邸に到着、江戸に帰還したのは三月十八日のことである。

一同胸をなで下ろすものの、次の出陣までの僅か二十日余りの間に、鳥取藩の雑夫二名が上野彰義隊に撃ち殺される事件があり、この後の出陣が如何に重大で深刻なものであるかを窺わせた。

山国隊はここでフランス式鉄砲様式の特訓を受けるが、元々精度の高い技術を身に付けていた隊士達の飲み込みは早く、二十一日から二日に亘る軍事教連で忽ち高度の技術を吸収していった。

「皆、今日は酒盛りといこう。鳥取藩軍監の和田様より酒二升と大枚の干鯵を頂戴した」

藤野の報告に一同が沸いた。

「それにしても、凄い数の鯵ですな」

「肥後はこれが大好物だったな」

「私もこれには目がないんどす」

幸太郎が重ねると、我もと言わんばかりに皆が同調して大騒ぎとなった。

司令士の原六郎と細木元太郎《ほそききもとたろう》の顔は崩れんばかりである。

細木元太郎は土佐新居村の庄屋の出身で、勤皇に目覚め、元治元年、中島作太郎等と土佐藩を脱藩して後、各地を転戦し、この戊辰戦争に参加している。

原六郎は、但馬朝来《あさご》の大地主の家に生まれ、文久二年（一八六二）、尊攘派に属して北垣国道等と共に農兵隊を組織し、文久三年、但馬での『生野《いくの》の変』を計画する。

この時、大和の義挙の失敗を知り、計画の延期を要請するが、事件は挙行されてしまい、参戦できぬまま敗れて鳥取へと逃れることになった。

この後、長州へと逃れ、ここで高杉晋作と出会い、明倫館《めいりんかん》にて大村益次郎にフランス式練兵術を学ぶことになるが、慶応四年二月、此の度の新政府軍に属し、北垣国道同様、鳥取藩士として河田左久馬に随い東山道軍に参加、三月に山国隊司令士となって転戦していたのである。

「明日から鼓士として浦鬼柳三郎を我が隊に入隊させ、調練に大鼓を入れることに決めた」

これには周囲が度肝を抜かれたが、いざ教連に取り入れられると、士気は大いに上がった。

「あんまり張り切り過ぎて、風邪で寝込む連中が後を絶たへん。原様、細木様までおひきになられては」

最年長の塔本清助が一人看病に当たっていた。

「お前までもが寝込むことのないようにな」

藤野の言葉に清助はただ笑って応えた。

次の出陣を前にして、河田は、総督府より授与された『魁《さきがけ》』と書かれた熊毛の陣笠を山国隊に手渡した。他に先んじて突進せよという意味である。

熊毛が散るのを見て『河童隊《がわたろうたい》』と揶揄する者もいた。

この被りものは『毛頭《けがしら》』と言われ、戦国時代に敵を威嚇する道具として用いられていた。江戸時代になって一時使用が制限されたが、江戸開城の際、新政府軍が城の蔵から見つけ出したのを機に、薩摩・長州・土佐が指揮官用として使用し始めた。色によって藩が識別されており、長州藩が白色の白熊《はぐま》を、土佐藩が赤色の赤熊《しゃぐま》を、薩摩藩が黒色の黒熊《こぐま》を夫々指揮官用として着用していたものである。

四月に入ったとはいえ春まだ遠く、連日冷たい雨が降り頻る中、鳥取藩・山国隊の合同射撃訓練が行われた。

明けて慶応四年正月、勤皇・佐幕の依然止まらぬ争いは鳥羽伏見の戦いとなって激しく交わり、仁和寺宮嘉彰《よしあきら》親王を征夷大将軍に立てた錦の御旗の下、晴れて官軍となった倒幕軍は西国諸藩を引き連れて攻め入った。

そしてこの年、慶応四年（一八六八）四月十一日、遂に勝海舟・西郷隆盛による歴史的会談によって江戸城の無血開城が成り、もはや統制を欠いた幕府側の秩序は大いに乱れ寧ろ各藩の結束が高まり却って抵抗は激しさを増していった。

江戸城明け渡しに当たっては、大政奉還後も一貫して幕府の恭順に異を唱えてきた幕臣小栗上野介忠順《ただまさ》等の強い主戦論に対し、将軍慶喜が最後まで首を縦に振ることはなかった。

その背景には、旧幕府軍は軍艦数隻を擁していたが、新政府軍には軍艦が一隻もなく、江戸で一戦を交えている間に軍艦を西に向けて大坂を占領し新政府軍を挟み討ちにする思惑と勝利への確信があったに違いない。

「幕府軍にはフランスがつき、新政府軍にはイギリスが味方する。そうなれば、江戸は火の海と化し、それればかりか、日本列島は二分され、究極諸外国によって領土を割譲されるは必定。慶喜公はこれを見据えておられたのであろう」

勝の言い訳とも取れる言葉に、西郷が敢えて反論することはなかった。

江戸城明け渡しに至る勝・西郷の苦悩と尽力は計り知れず、二人が初めに申し合わせた一件は期せずして皇女和宮の身の安全であった。

家茂が死去して間もなく二年を迎えんとする和宮は既に剃髪して今は只管徳川家に忠誠を尽くす身。京を離れ嫁ぎ行く道中での心境を「住み馴れし都路《みやこぢ》出でて今日いく日　急ぐもつらき東路《あずまぢ》の旅」と詠んだ和宮がその後も江戸を離れることはなかった。その江戸城明け渡しに当たり、東征軍大総督がかつて許嫁の間柄であった有栖川宮熾人《たるひと》親王とはまさに運命の悪戯と思う外はなかった。

一方、新政府軍の意気は上がり、一行の射撃訓練にも自ずと熱が籠もったが、そんな頃、郷里の山国庄では、親兵組《しんぺいぐみ》等による山国隊への中傷が一段と増し、留守家族は大いに困惑していた。

そんな知らせを耳にしながら鬱鬱とした毎日を過ごす中、山国隊の若い隊士、橋詰千代蔵、久保秀次郎の二名が外出したまま翌朝になっても帰陣しなかったことから、隊全体の責任が問われとうとう全員に外出禁止命令が出されてしまった。

「お前達のせいで、すっかり足止めをくってしもた」

「折角盛り切り飯と朝風呂まで許可されとったちゅうのに、これでは我等の体力のはけ口がなくなってしまう」

口々に責め立てられる二人は痛く恐縮するばかりであった。

然し、他の郷士にも従士達にとっても、実のところは憂さの晴らし所はなかった。それは、一つには初めて知った戦の怖さであり、そしてもう一つは隊の極めて窮乏した生活に因るものであった。

この東山道軍随行に際しては、軍資金、兵站一切を自前で賄うという条件付で参加を許可されていた為、戦闘服、兵器類調達の外、日常の食料等生活費のすべてを自分達で調達しなければならなかったのである。ただでさえ多額の借財を負って出陣した山国隊にとって、頼るべきところは極めて限られていた。

退《ひ》くを許さず　――野州《やしゅう》戦争――

新政府軍各藩が苦心する中、鳥取藩もまた行軍に関わる戦費の調達に頭を痛めていた。頼みとする一人は、河田とも昵懇で既に鳥取藩の周旋方として、勝海舟、坂本龍馬、西郷隆盛等とも通じる千葉重太郎である。

河田左久馬が軍旅等不在の折の代表家として、隊士役の任命権まで与えられており、司令士の原六郎とも深く関わっていた為、山国隊もまた、鳥取藩や千葉重太郎に金子の融通を頼まざるを得なかった。

好天に恵まれた十七日、満開のつつじを見ながらの宴を張った席上に河田が真剣な面持ちで現れ、敵軍により宇都宮城が陥落したことを告げると、空気は一変した。

「徳川慶喜将軍が恭順の意を表明したことにより、関東地方の平定がなったと見なされたものの、会津を筆頭に奥羽の幕府方の勢いは依然衰えず、幕府方を脱藩した武士達が続々と関東北部に集結するようになり、遂には結城、宇都宮を占拠するに至ってしまった」

更に続ける河田の言葉に一同に緊張が走った。

「新政府軍はこの一派の掃討作戦に当たり、先ずは宇都宮撃破に向け我が鳥取藩が起用されることとなった」

幕府側は、会津を中心として既に兵糧、武器弾薬を集め要地占領に成功していた。その上、大鳥圭介率いる幕府軍が前日に小山宿周辺の戦闘と宇都宮城の攻防戦で連戦連勝しており、これを知った壬生藩の友平慎三郎が一旦は勤皇側に明け渡していた壬生城を奪回して再び新政府軍と相対峙する姿勢を見せ始めていた。

一方、結城城主・水野日向守もまた彰義隊と謀って一時期奪われた結城城の奪回に躍起となっていたが、薩長土に彦根・須坂両藩等を加えた新政府軍三百名に成すところなく撤退する。この時、近藤勇は捕えられた。

その後、水野部隊が巻き返しを謀り大挙押し掛けて結城を襲い、その勢いで宇都宮を攻撃して陥落させた。

これにより、鳥取、土佐両藩に出兵の命が下り、これを受けた河田左久馬は、佐分利鉄次郎隊、天野祐治隊、山国隊小隊、大久保駿河隊、戸田・有馬連合隊等を引き連れ、土佐藩と共に一旦市ヶ谷尾張邸を出立したのである。

この報を知った幕府軍は早々に小山宿を放棄して宇都宮城へ戻るべく一気に退脚の姿勢を取った。

退脚路は幕府軍兵士の負傷者や死体で覆い尽くされ、止むを得ず斬首して持ち帰ったのか、生々しい血の跡がそこら中に残り、それは見るに堪えない、まさに地獄絵図であった。

初陣山国隊にとっては、あまりに凄惨な場に直面した。

「これは酷い」

思わず誰かが漏らした。

「やっと見つけた井戸で水を飲もうとしたが、血が覆っていて、えらい飲むことができおへんどした」

「水を出したら赤く濁っとったさかい、そのまんま飲まんと引きあげた」

中には嘔吐する者もいた。

この時、一隊から少しずれていた山国隊の藤野が叫んだ。

「あこの宿で何や食べるもん見つけよう」

皆一斉に走り出した。

「誰もおらんぞ」

「ここに飯と、おお、味噌もおます」

「塩もおます」

その時、奥でがたっという音がした。

一斉に身構える隊士達の目に映ったのは、奥の竈の陰でわなわなと震えている老人の姿であった。

「なんや、この宿の者《もん》か」

「私は召使です。一家は皆逃げ出して、私だけが――」

そこまで言うのが精一杯であった。

「おい、うちらは官軍や、心配はおへん。それより、早う飯を焚いてくれ」

「それと、水はどこや？」

老人の指さすのが早いか、数名が一度に走り込んでいた。

軍監の西村、藤野、清助、久保為次郎が炊き出しを務め、他は束の間の熟睡をした。兵糧を詰めて再び宿を出るが、この時、藤野は老人に酒代を払って立ち去った。老人は一行を見送りながら何度も頭を下げていた。

夕刻になって、土佐全軍が到着した結果、新政府軍はここで遂に全軍が揃うことになり、二十日には共に壬生城に入った。

夜半になっても砲声頻り、緊迫が続く翌二十一日、先鋒を申し渡された河田隊は、山国隊小隊と吹上藩・松本藩の合併隊及び大砲三門を差し出し、更に土佐藩斥候隊と壬生藩兵中隊を安塚村に派遣する。

「安塚と幕田辺りまで敵一千名が来襲したという噂もある」

河田の言葉に、新政府軍に一気に緊張が走った。

壬生川上流から与市ヶ原に至るに、樹木鬱蒼として天を仰げず、固い石を踏みしめ歩くこと五十丁。漸く到着した一行に対し、安塚村北端を流れる姿川対岸から淀橋を渡って大鳥軍が来襲、夕刻から戦闘が開始された。

一旦は大鳥軍を対岸へ退脚させるものの、兵力不足は免れ得ず、河田はここで土佐小隊一隊を追加派遣した。

それでもなお河田が壬生城に留まっていたのは、壬生城内に不穏な動きがあるとの情報を事前に入手していたからであり、いつなんどき壬生藩が裏切って大鳥軍に内通するやも知れぬと踏んでいた為であった。

案の定、壮絶な撃ち合いが始まり、一斉に発砲した新政府軍に一旦は勝利が齎されたものの、幕府軍も必死に抵抗して再び劣勢を挽回し、新政府軍は一挙に押し戻された。

大鳥軍は既に安塚村北端を流れる姿川対岸幕田村に駐留させている本隊の他、別働隊を組織して新政府軍が布陣する安塚村の東側を突かんと南下している最中であり、他の大隊も意表をついて壬生城を急襲し、他藩との約束も取り付け新政府軍を挟み討ちにする計画を練っていた。

折悪しく俄かに天候が悪化し豪雨が降りしきる中、姿川を渡って再び猛攻撃に出た大鳥軍に南下の追加部隊が加わって新政府軍はここで大いに苦戦を強いられた。

相手の銃射撃に弱兵隊が動揺する中で、山国隊と土佐藩兵が応戦し、かろうじて砦を守り通したが、浮足立った新政府軍には遂に死傷者が出て、更に劣勢に転じるが、この段階では両軍共にもはやここが最期の地と互いに叱咤激励し合いながら戦った為、戦局はまさに一進一退となった。

新政府軍本隊が安塚村で激しく戦火を交えている折、なお壬生藩の動きを警戒して壬生城に残っていた河田であったが、味方の戦況不利の報を受けて遂に安塚村に急行した。安塚まで約十丁程の地点に到着した頃には殆ど味方は壊滅状態に近かった。

味方兵士が栃木街道を敗走してくるのを見てとった河田は、この時自ら刀を抜いて敵陣に突っ込み、そして大声で叫んだ。

「ここでひるみ退脚する者あらば、他藩の者といえども決して許さぬ。この場で容赦なく斬って捨てる」

この言葉を聞いた全軍は奮い立って俄かに猛反撃に転じ、幕府軍が後ずさりした機に、すかさず喚声を挙げて追撃した為、形勢は逆転した。

壬生城を明け方まで守って後出陣した河田隊の到着により、態勢が整った味方は大いに気勢を上げた。

この勢いに乗じて鳥取藩が一気に幕田西河まで追い立てたので、幕府軍は一兵残らず宇都宮まで退きそのまま籠城した。

ここまでの戦局で山国隊の働きは目を見張るものがあったが、一方では、すっかり怖気づいて敵前逃亡する他の小隊、帰順兵もあった。

この激しい戦で多くの死傷者が出た。山国隊付きの河田隊士一名、同帰順兵二名と山国隊の田中浅太郎が前額部を撃ち抜かれ即死、高室治兵衛が翌日壬生城に戻って戦死、五名が負傷した。負傷した兵の手当てには各藩医が当たった。

負傷兵には鳥取藩の従軍医がこれに当たったが、瀕死の重傷者に対し、「治療の及ぶところに非ず」と言って放置した為、新たに壬生藩医の齊藤玄昌を招聘して治療を託したところ、これが奏功して重症兵は快癒した。

これまでの刀槍の戦いから銃撃戦に変わった近代戦では、漢方から西洋医学医術に変わらざるを得なかった。土佐藩の戦死者も五名を数えたが、この時負傷兵が続出したことから、銃創看病人として国内初の女性看護人となる婦人九名がこの地で雇い入れられた。斯く野州の戦いは壮絶を極めたのである。

「傷は浅いぞ」

帰営の道すがら、付き添いながら声を掛ける同志の言葉が負傷者にはこの上ない励ましになった。

山国隊の最年長となる塔本清助は、まるで我が子を慈しむようにして、いちいち傍に寄って元気づけて回り、ここには既に郷士・従士の区分はなかった。

その時、一人がいみじくも漏らした。

「敵兵に撃たれたのなら仕方もへんが、よりによって味方に撃たれとはなあ。あの時、川を渡って深追いしたのがおへんどしたにゃ」

姿川を渡って東岸を上ろうとした敵兵を斬り捨て、大声で気勢を上げたところを、敵の逆襲と勘違いした味方の軍監四宮に誤射された。

川に落ち流されるのを、かろうじて味方に救い上げられた。

深手を負った者が戸板で運ばれ、他の者は止む無く自ら歩くしかなかった。

「どもないか？」

「何の。ただ、味方に撃たれたのが悔しくてならへん」

与市ヶ原から壬生に向かう時、全軍はまさに疲労の限界にあった。

荒野の一軒の酒屋を見つけた河田隊はここで重傷者達を休ませ、なお女主に食い物を迫ったが、既に食料は尽きて何も得るものがなかった。

「どうぞ、これをお召し上がりください」

その時、山国隊辻定次郎が鳥取藩兵に自分の兵糧米を差し出した。

「いや、それではお前が困るであろう」

「私は朝飯も済ませました。貴方様はまだ朝飯も口になさっていらっしゃらないのでしょう」

兵士は定次郎の顔を拝むようにして、慌てて握り飯を頬張った。

その目に涙が溢れているのを知って他の同志達は思わず目を伏せた。

幕府軍に追撃されるようにして漸く壬生城に着いたものの、負傷者は続出、鉄砲は連日の雨に濡れてまるで役に立たず、兵糧も底をついていた。

ここで負傷した辻肥後と浦鬼柳三郎に三名の同志を付けて脱城させ、江戸へと走らせると、直ぐに藤野は皆を集めた。

「敵は城に火を放った。壬生藩はいずれに寝返るか図り知れない。土佐藩も既にここを出た模様だ」

「それはまた何としたこと。我等には何の報告もせずに」

「いずれにしても、この場所にはもうおれぬ。藤野さんの言う通り、直ぐにでもここを立ちのこう」

だが、ここで藤野にはやらねばならないことがあった。

「可哀相だが、重症の誠太郎を一緒に連れて行く訳には参らぬ。このままここに留めおくしかない」

その言葉に一同が黙り込んだ。

それは即ち自分達の手で誠太郎の首を刎ねることを意味していた。

奥で床に臥していた誠太郎がそれを聞いて叫んだ。

「わしをどないしはる気や！　今聞おいやした砲声は我が軍のもんなのか。敵は迫っておるんか？」

この瞬間、藤野は抜き掛かっていた刀を再び鞘に納めた。

鬼の形相が一変して柔和な表情に戻る藤野の目には熱いものが溢れんばかり。

「せめて今の中に楽にしてやりたい」と思うも実行能《あた》わず、この上はただただ敵の退却を信じて、そのまま誠太郎を残していくより道はなかった。

一旦、壬生城を離れその日は何とか民家に宿を取ることができた。

翌朝、山国隊は夜明け前に出立した。

「ところで亭主、隣の宿に留まっていた土佐藩の方々はどうした？」

「昨夜酒宴を張った後、そのまま江戸にお発ちになったそうです」

一同唖然とした。

「何と逃げ出したというか。我等農民兵でさえ斯うして戦っているというのに」

一斉に笑い出したものの、各人の心中はまこと複雑であった。

やがて夜が明け小山宿に到着した時、すれ違った薩摩隊に慰労された。

「我等は壬生城から退却せざるを得なかったのです」

「安心されるがよい。壬生城は官軍が取り戻し、大勝利を収めた。貴殿等の安塚での奮戦があったればこそだ」

「早々に壬生城を離れたのは何とも恥じ入るばかりです」

「進退の迅速なるは戦の条理。さあ、こちらで酒など召されるがよい」

藤野の目から熱いものが溢れ出んばかりであった。

一方、敵軍が宇都宮城へと敗走するのを見届けた新政府軍は、ここで軍議を開いた。

「この機に乗じて一気に宇都宮を陥れましょう」

河田の意見に対し、土佐藩の板垣退助がこれを遮って応えた。

「ひとまず壬生城に退却し、ここで英気を養い、改めて進撃しようではないか」

少しの議論の後、結局板垣案が通り、一旦壬生城へと戻るが、河田の胸中は決して平穏ではない。鳥取藩の地位ゆえか、我が至らぬ為か、河田の意見は苦もなく覆されたのだ。

悶々としながらも進む一隊の先に見えた我が同志達。

未だ火焔残る中、山国隊の高室誠太郎・治兵衛、土佐藩士等六名が呻き声を上げていた。

他の同志達の行方が分からず、或いは戦死したやも知れぬとの返答を聞いた。この時、河田が思わず叫びながら言った。

「心配することはない、明朝一番にて捜索する。この先、仮に我が隊に万一の事あらばその時は私も諸君等と運命を同じくする。共に死のうぞ」

これを聞いた一同は思わず感涙に咽んだ。

そして、その夜、山国隊一行を無事壬生城に迎え入れることになる。

斥候として出した千代蔵が戻り、山国隊一行に壬生城の安泰を告げた。

「河田様が皆さんをお待ちかねです。一刻も早く壬生城へ帰還致しましょう」

山国隊を斥候として別行動を取らせていた河田の一隊は、山国隊が去った後の壬生城に戻り、再びここを占拠していた。

山国隊一行を待つ河田隊は、原・細木両司令士等が率先して迎え入れ、その大層な歓迎ぶりに隊員達は感激し、皆夫々に涙を拭った。

「壬生藩兵が苦し紛れに城に火を付けたものの、折からの豪雨で鎮火した。そこへ我等が到着した為、敵軍も退いていったというもの」

「我等はその場を一刻も早く立ち去ってしまいました」

「それは寧ろ賢明な選択であった」

「その後お戻りになられた河田様は昨夜まで必死に戦っておられました」

「それが戦というもの。機を見るに敏なればこそ、斯うして我等が再会していようというものだ」

藤野は河田の懐の深さに再び涙した。

床の上に田中浅太郎の首を供え、酒盃を上げ、皆泣き、笑い、そして歌った。

〈威風凛々《いふうりんりん》山国隊の軍《いくさ》の仕様を知らないかトコトンヤレトンヤレナ〉

〈雨と降り来る矢玉の中を先駆けするのじゃないかいなトコトンヤレトンヤレナ〉

河田左久馬の即興歌であった。

夜明けの流星　――還らぬ予感――

夜半には、辻肥後と鼓士浦鬼を江戸に派遣するのに途中まで付き添った四名が帰陣した。

河田はえらくご機嫌であり、皆を前にして、これまでの足跡を披露し始めた。それは、本圀寺事件の道のりであり、その後の因藩烈士との行動であり、桂小五郎等長州との関わりであったが、こと坂本龍馬との一件に話が関わると、一同の目は河田に釘付けとなった。

「私は、あの時、龍馬殿と約束をしたのだ」

「約束とは一体何の事どすか？」

「それは、蝦夷地の開拓であった」

「蝦夷地とは、五稜郭のおます箱館のことどすか？」

「そればかりではない、奥深く入った各地に未開の広大な土地があり、また増毛《ましけ》という北前船が寄港する最北端の地もある」

「ほんで、蝦夷地へは何ゆえに」

「龍馬殿は一歩も二歩も先を見据え、広大な構想を描いておられた。これからの日本は海の向こうに目を向けていかねばならないとな。あの時、幕府はまだ力を存分に有していた。それ故、尊攘派同志を一旦北の地に集めようと企んでいたのだ」

それはいっ時の水戸藩尊攘派に相通じる考えでもあった。

「然し、禁門の変以降はひとまず断念せざるを得なかった。再びその構想を持ち出した後、龍馬殿は夢叶わぬまま暗殺されてしまったのだ」

一同の顔が俄かに曇った。

「いろは丸が紀州の船に追突されて沈没どした時、龍馬様は、紀州藩からしこたま賠償金を巻き上げたと聞いたんや」

「おお、そうよ、あれには私も驚いた。いや、その直前にお会いした龍馬殿の鼻息は凄かった。皆にも見せてやりたかったぞ。何と裁定された賠償額は八万三千五百両だったとか。結局妥協して最後は七万両だったそうだが」

河田左久馬はまるで我が事のように喜んで見せた。

「そして、私に言った。間もなく薩摩藩の保証で船を購入する予定だとな」

「大極丸ちゅう名の船どすか？」

「確かそうであった。残念ながら代金支払いの方策を巡って先方と折り合わず断念したと聞く」

「もし、龍馬様が今ご存命どしたなら、きっと河田様とご一緒に蝦夷地へとお渡りになっておられたことでっしゃろ」

「それにしても、龍馬様は、河田様のことを『先生』と仰っておられたとお聞きしましたんや」

「確かに。私の方が幾らか歳が上であった所為であろうな」

河田の顔がくしゃくしゃに崩れていた。

脇で聞き入る原もすっかり相好を崩し、山国隊面々の誰もが満面の笑みを浮かべていた。河田には
もう一つ喜ぶべき大きな事柄があった。

それは、この月四日、最高官庁である太政官《だじょうかん》より藩主慶徳の復職再動沙汰の達しが得られたからである。

河田は、本圀寺事件から今に至るまで一切の咎なく、その上、此の度の東山道進軍下参謀を任されたのも偏に慶徳の厚き情けに因るものとして強く肝に銘じていた。それが為、その恩義に報いるべく、河田の血は黙っていても燃え滾るのであった。河田は佐善との連絡に事欠かさず、佐善もまたそんな河田の心情と彼の性格をよく心得ていた。

二十四日、壬生城東北部の深渡山興光寺《こうこうじ》内で原・細木司令士と藤野等により、田中浅太郎、高室治兵衛の二名が手厚く葬られた。ここには山国隊付の新井兼吉及び鳥取藩士・石脇鼎元繁も眠っている。

だが、この裏で戦局は大いに込み入っていた。

河田の救援第一軍が安塚村から壬生城に帰還した際、もう一つの救援第三軍を率いる薩摩の野津道貫《のづみちつら》と大山巌《おおやまいわお》が、河田に対し、この勢いをもって一気に宇都宮城を攻撃するよう提案したが、河田は我が救援軍が未だ戦列が整っていないことを理由に、これを拒否した。

野津・大山両名の河田批判はあからさまであった。

血気に逸っていた野津・大山は、河田の応答が生温いとして、二十五日単独で宇都宮城攻撃を決行する。だが、如何に勢いに乗じるとはいえ、野津・大山の兵力三百はあまりにも無謀であった。

翌日攻撃の依頼を断った河田軍も先の安塚での被害は大きく、先鋒を担った山国隊も二割の死傷者を出している。然し、先行する野津・大山軍の不利は歴然としていて戦局は予断を許さず、河田隊も結局二十五日には再び宇都宮攻撃に移らざるを得なかった。

先に大鳥圭介軍に大敗した大久保駿河隊兵と吹上・松本両藩合併小隊は被害甚大によりもはや参戦できる状態になく、河田は止む無く鳥取藩だけでの出兵を実行した。

前夜までの態勢立て直しに時間を取られた河田隊はこの日朝一番の出陣に出遅れてしまった。

然し、薩・長・土・因に大垣を加えた部隊が四方から一斉攻撃する中を、遅れて到着した河田が戦況をよく見分けながら、城下町を迂回して大鳥軍の背後に回り、天野一隊が大手から、佐分利一隊が搦手《からめて》からそれぞれ突攻撃したことによって新政府軍は一気に優勢に転じ、忽ちのうちに城を包囲、間もなく宇都宮城を開城させるに成功した。

二十九日、いっ時江戸の尾張藩邸で療養していた二名と壬生より護送した四名が戻った山国隊は壬生に残した誠太郎の許を訪ね、ここで三日間滞在した後再び出立、閏四月四日漸く日光先進の本隊に合流した。

この後、雀宮《すずめのみや》への転陣が言い渡されて以後二十日迄のおよそ十三日間をこの地にて過ごし、二十日早朝、再び出立し、四日掛けて連日の雨の中を漸く板橋宿に到着すると、翌日の江戸入城を控えて盛大な祝宴が催された。

翌二十五日、大総督府の軍令によって鳥取藩は山国隊と共に江戸に帰還することとなった。

「千代蔵、ひとっ走りして、辻肥後等皆を連れて参れ。江戸への我等が凱旋行列に加えるのだ」

「そらええ。千代蔵は韋駄天や、頼むぞ」

皆に煽てられ唆されるや、千代蔵は得意満面で走り出した。

千代蔵は夜明けと同時に出立、昼前には辻肥後等六名を伴って合流し、その日正午板橋からの江戸行列に何とか間に合うことができた。

この時、山国隊は鳥取藩の計らいもあって、錦旗警護の役を仰せつかる名誉に浴した。藤野以下山国隊の面目躍如である。

新政府軍には、次に彰義隊との戦が待ち構えていたが、帰還した日から四日間というもの、それは宴会に明けくれた。

如何に戦火を潜り抜けてきたとはいえ、一旦タガが外れた隊士達の醜態ぶりには流石の藤野も呆れ返った。思えば略《ほぼ》三ヶ月の間は緊張の連続であり、初めて体験する斬り合いの果てに大事な仲間も失っている。

これを思えば多少の羽目外しも止むを得なかった。そして、重傷を負っていた誠太郎の経過も驚くほど順調な回復を見せていた。

肥後と共に河田の部屋を訪れた藤野は至って恐縮した。

「まあ、多少のことは大目に見るがいい」

笑って盃を差し出す河田に二人も思わずほっとして気が緩んだ。

そのせいか、勢い余った藤野の言葉を肥後が慌てて制する場面もあったが、藤野の発言は如何にも当を得ていた。

「何せ、河田様があの時叫んだ一言には本当に驚かされました」

河田は藤野が言わんとしている中身を察知していた。

「あの後、野津様と大山様が即時に宇都宮城を攻撃すべしとご提案なされましたが、あの時どうして河田様はお断りになられたのですか。お二人は河田様を生温いなどとご批判なさり大層ご立腹であったとか」

肥後が藤野の言い草に思わず血相を変えたのと対照的に、河田は笑って答えた。

「私が野津と大山の提案を断ったのは、何も宇都宮城の攻撃を否定した訳ではない。皆直前の安塚の戦いで疲れ果てていたのだ。前夜の酷い損害から戦列を整え直すにはどうしても時が必要であった。ここは一呼吸置いてからでも遅くはないと判断した為だ」

藤野はそれを聞いて納得して見せたが、その実は疾うに理解していた。

「あの時、あのまま応援に向かわなければ大変な事態になっておりました」

「それは承知の上だが、疲弊し切った皆を見れば止むを得なかった」

藤野は我が意を得たりと言わんばかり。この時じっと二人の話を聞いていた肥後がここで口を挟んだ。

「それにしても、土佐藩の輜重《しちょう》担当が戦況不利なるを見て軍資金と物資を持って避難してしまった為、とうとう二度目の宇都宮城攻撃に参加することが叶いませんでした」

「それは土佐藩にとってもまこと不幸なことであった。然し、少なく見積もっても我が方の倍にもなる二千名の大鳥軍を打ち破ったのは奇跡に近い。あの折、先頭に立つべき大鳥が既に負傷し、兵にも相当の死傷者が出ていたそうだ。それにしてもあの大鳥圭介という男の実力は計り知れないものがある」

「然し、宇都宮城攻めの折、味方が河田様の背後から鉄砲二発を撃ったとの噂がございます」

肥後の言葉に、今度は藤野の顔色が変わった。河田は少し間を置いてさらりと言った。

「恐らく誤射であろう」

「いいえ、我が山国隊の何人かが見ております」

河田はそれ以上答えなかった。

かつて同じ鳥取藩の重臣であった黒部権之介ほか二名を斬殺、二名を切腹に追いやった苦い思い出がある。

「あれは五年前の文久三年であった。京の本圀寺において我等二十二名が同じ藩の重臣四名を討たんと踏み込んだ」

河田が前触れもなく語り出した。

「覚えております。黒部権之介様、早川卓之丞様、高沢省己様と加藤十次郎様でございましたね」

「そう、あの折も藩は真っ二つに割れておった」

「藩主池田慶徳様は尊王攘夷の志高い水戸家のご出身であられます」

「その一方で、実の御弟君が将軍徳川慶喜様でいらっしゃいました為、慶徳公は大層お悩みなされたとお聞きしております」

辻君の耳にも入っておったか。

「本当にあれは大変な出来事でございました」

藤野も大きく顔を歪めた。

「その後我等は謹慎処分を申し渡され、知っての通り幽閉の身となった」

「本当によくぞ今日までご無事でいらっしゃいました。お陰様で、我等は今斯うして河田様とご一緒にいられるのです」

藤野はそう言いつつ、努めて本圀寺の事件には触れまいとした。

「甲府の戦の時、私は退却する最後方の近藤勇に向って『覚えておるであろう、あの樊六は死んだぞ』と思わず叫んだ。樊六もまた同志の一人であった」

「あの豪勇詫間樊六様のことですね」

肥後も知っていた。

「私は、樊六に幾度となく助けられた。京での折は、あの新選組の近藤勇をも一蹴して私を救ってくれたのだ」

「それは存じませんでした」

「この事は我等二十二名同志の中でしか知らぬこと。然し、近藤勇との一騎打ちはそれは見事であった。あの時は流石の近藤もたじろいだ」

「いずれがお勝ちになられたのですか？」

「ある時は樊六、ある日は近藤が借りを返して樊六を逃がしたこともある。その近藤と再びあの甲州で相まみえようとはなあ。近藤勇の〈虎徹〉に対し、神風流を極めた詫間樊六の刀は、因州の名工・宮本包則《みやもとかねのり》が鍛えた業物《わざもの》、三尺四寸五分の長刀であった。この私も同じ包則を持参しておる」

宮本包則は、安政三年、鳥取藩家老職・荒尾千葉之介の知遇を得てその抱工となり鳥取・倉吉にて鍛刀し、その後、京に上りて刀工。元治になって以降は、長大且つ幅広で反りの浅い武骨な刀で、これに講武所拵《ごしら》え等をつけた刀を勤皇刀と呼び、幕末に流行した。手結浦で散った吉田直人の二尺八寸八分で豪刀、実戦刀としての勤皇刀の佩刀。彼《か》の剣客・佐々木小次郎（二尺八寸）でさえ及ばない。京都三條時代（文久三年より明治三年）、鳥取藩が御所警備に当たっていたことにより、京に上りて刀工した中に、「鳥取住菅原景守　於京三條造」の短刀がある。

この京三條打の景守銘は二乃至三口《ふり》存在すると言われるが、極めて珍品とされ、その銘の由来は、この刀を所持する者に対して殊に「景より守る」と解釈される。

明治四年、廃刀令後、帰倉、倉吉湊町にて農具製作、明治二十五年東京へ移住、明治三十九年四月に帝室技芸員（現在の重要無形文化財）に認定されるが、明治天皇が無類の刀剣好きであり、刀剣の部では、月山貞一《がっさんさだかず》（大阪）と二名が推挙される栄誉に輝いた。

「その近藤勇もあの後捕らわれ処刑されたと聞き及びます」

「まこと縁とは不思議なものよ。それにしても、あの樊六は女にようもてた。馴染みの芸者に匿って貰ったこともあれば、黒坂では茶屋の娘に慕われたこともあった」

「そうでございましたか」

懐かしそうに回想する河田の顔が突如曇った。

「だが、幽閉先から脱出し長州に向かう折の途中の手結浦で、私は樊六等五名を人質に残し、むざむざと死なせてしまったのだ」

その時、河田の脳裏をふと樊六の許嫁・照江の顔が過《よぎ》った。

大政奉還なった暁、偶然手結浦で照江と行き交ったあの日の事を河田は思い出した。

「その後不自由はありませんか、あれば何なりと」

「貴方にお言葉をお掛け頂く筋合いもございませんゆえ」

あの時、そう言うと照江は娘の手を引き、急いでその場を立ち去っていった。

河田が詫間樊六の娘を見たのは、その時が初めてであった。

手結浦で散った詫間が最後までしっかりと手に握りしめて離さなかった赤い巾着。その巾着の中には娘が自ら小さく折りたたんだ身代わり守りが入れられていた。

荒尾邸へと向かう道すがら、娘から渡されたものだと後に人伝に聞いて知った。詫間が最も心を許した筈の中野治平にさえこの事実を教えていなかった。その胸中は如何ばかりであったか。

寸分の隙も見せずに足早に去っていく照江の胸の内が手に取るように分かった。

それは明らかに河田に対する怒りと嫌悪の情からであった。

二人が立ち去った後、河田は詫間に心から詫びた。

「あの折は、込み上げる思いを絶ち切れなかった。それにしても私は何という人生を歩んできたのであろうか」

ふと吐いた河田の言葉に、藤野は一瞬戸惑った。

この時俄かに降り出した雨に誘われるようにして、湿った匂いがじんわりと部屋に染み込み始めていく。

河田は口を結んだまま暫し黙り込んだ。

「いずれが天下を治めるにも何とも難しい世となりました。然し、我等が果たす使命はただ一つでございます」

河田は肥後の言葉に呼び戻された。

「どの藩にても、未だ佐幕か倒幕かの旗幟《きし》を鮮明にできぬところが多く、それだけに尚更早く日本を統一せねばなりません。御料地をお預かりする我が山国隊も天皇を戴く思いでこの場に臨んでおります」

肥後に続く藤野の言葉がすべてを語っていた。

この場に佐善元立がおればどれ程心強いであろうか、河田は密かにその思いを強く噛み締めていた。

やがて言葉を変えて言った。

「この東征軍にかつての我が同志『新国隊』が参加しておれば、砲術に長けた山口や吉岡もおり、加須屋も加わって盤石であった。そして藤野さん等山国隊と合流したとなれば、それこそ向かう所敵なしなのだが」

その後は三人とも取り立てて言葉を交わすことなく、ただ飲み続け、各々回想するがまま酔うに任せていた。

蘇る昔が更に思い出を呼び覚まし、河田は夜が深々と更けてもなかなか寝つけなかった。

たまらず宿舎を出ると既に先客がいた。

「範五郎ではないか。お主も眠れぬのか？」

「どうにも今宵は寝つきが悪くてかないません」

見上げる月が二人の直ぐ目の前にある。

「今宵の月はやけに大きく見えます」

中井は随分前から一人この場に佇んでいた。

「本当に手を差し伸べれば届きそうなくらいに思える。然し改めて真正面に対峙すると、月とは斯くも青く映るものなのか」

「あの月をずっと眺めていると、視界一杯に草原が広がって見えてきます」

「闇夜に浮き上がる草原か、何とも物悲しく映る。それにしても周辺のこの静寂は何であろうか」

木々は眠り深く、辺りはひっそりと静まり返っている。

「昼間の雑音がまるで嘘のようです」

河田には、中井のその言葉が何故か「戦は避け得ぬものなのか」と言いたげに聞こえた。

「今頃山口達はどうしているでしょうか」

「謙之進とお主とは海軍操練所の仲間であったな、それに吉岡平之進も」

「二人がいれば我が隊の活躍の場ももっと広がっていたでしょうに」

河田の思いをそのまま中井が表現していた。

「とうとう新国隊が東征軍に加わることはなかった。たとえ皆にその思いがあろうとも、藩に遠慮するあまり互いに言い出せずにいたのであろう」

因藩烈士が藩主慶徳から既に罪を許されているのに対し、黒部・早川・高沢・加藤四家への咎《とが》めは未だ解かれていなかった。

中井範五郎の実兄永見和十郎は、黒部等遺族や他の佐幕派重臣達に対する負い目からか、故郷鳥取との距離は遠ざかる一方であった。

中井はその永見の胸の内を知り抜いていた。佐善が、初めは新国隊に名を連ねるに止まり、実際の活動に加わらなかった理由もそこにあった。

「そうであろうな」

まるで中井の胸の内を知ったかのように、その時河田がそう呟いた。

中井は敢えて河田の言葉の意味を問い返さなかった。

佐善が正式に新国隊の隊長としてその座につくのはそれから数ヶ月経って後のことである。

「新国隊には多くの農民等が参加して既に六十名にも膨れ上がっている様子」

新国隊は実戦の経験こそないが、毎日欠かさぬ修練の中身は充実しており、その成果はかなり高度なものに仕上がっていた。

「そろそろ戻りましょうか」

「そうするとしようか」

その時、宿舎に戻る二人の後方遥か彼方をすうっと一筋の流星が流れ落ちていった。これがよもや二人の今生の別れになろうとは無論互いに知る由もない。

孤独な流星は菩薩の放つ慈悲の光にも思え、明日を照らす一筋の光明にも映って見える。まして夜明けの流星はこの地に如何なる光を浴びせんとするのか、その影はまだ見えない。

歴史の悲嘆に流離《さすら》う　――環日本海夢航路――

戦の主体が次第に農民兵を中心とした部隊へと変わり、戊辰戦役でもその成果が証明されつつある最中、各地で農兵部隊が組み込まれていった。

長州では奇兵隊が早くからこの方式を取り入れ、その効果を如何なく発揮した。

鳥取藩内は既に落ち着きを取り戻していたが、恰も新政府軍が東山道進軍を加速させていた慶応四年三月、鳥取の隣国松江藩では管轄する隠岐島で農民による内乱が起きた。

石州が落ち、長州から鳥取、丹波を経て京に至る途上で未だ幕府に恭順の意を表明していた松江藩の管轄下にあって、この隠岐島は古くから朝廷に親しく接しており、尊皇攘夷の志は早くから芽生えていた。

古くは、承久三年（一二二一）に後鳥羽上皇が、元弘二年（一三三二）に後醍醐天皇が配流され、いっ時毛利一門吉川元春の支配下を経て今は松江藩の預かり地となっている。

特に島後《どうご》の西郷港は、北前船の風待ち・補給地として重要な役割を持ち、能登から下関、博多への直線航路に当たる重要な位置づけにあった。

大坂に根拠を定め、北の松前まで結ぶ西廻り航路の北前船は、途中、尾道・馬関海峡《ばかんかいきょう》を経て六月から七月には日本海の隠岐の島・大山港に一旦寄港する。

ここを風待港《かざまちこう》として、二百十日付近の荒波を避け、一ヶ月程停泊した後、ハエの風を背に受け北の蝦夷松前《えぞまつまえ》へと向かう下り船があり、材木・縄などの物資類、木綿・綿・古着などの衣料品と和蝋燭《わろうそく》・和紙・茶碗・皿などの日用雑貨、米・塩・砂糖などの食料品等々が山と積まれ、ここ隠岐の島後から境や美保関を経て蝦夷地へと向かう。

反対に、松前からは、鰊・鮭・鱒・昆布などの海産物を積み、上がり船として、八月から九月頃には再び隠岐に寄港する。

隠岐では、これより四十三年遡る文政八年（一八二五年）既に、外国船打払令を出し、外国船の接近を食い止めているが、ひと度外国との戦が始まれば、この地が外国船の集結場所となるは必定で、その為、松江藩は、既に文久三年（一八六三）事前に藩兵百余名を隠岐に派遣し、併せて十七歳から五十歳までの男子島民四百八十名による農兵隊を編成して警備に当たらせていた。

その後、松江藩が藩兵を引き上げてしまったことから、緊急時に備えるべく、慶応三年、尊皇攘夷を唱え京で活躍していた隠岐出身の中沼了三《なかぬまりょうぞう》が大和国に倣って自称『海軍親兵』なる文武館をつくり、隠岐を自ら守ることを決意した。

然し、再三に亘る文武館設置の嘆願が通らず、慶応四年、京に赴き更に西へと向かい、長州の手に落ちていた浜田港にて王政復古と慶喜追討の情勢を知る。

この場で、「もはや攘夷ではなく討幕こそ大事」の思想を洗脳され、併せて長州方の支援約束を取り付けた。

一行が三月に帰国すると、そこで、山陰道鎮撫使守衛役所から公聞役《くもん》と称する庄屋宛ての公文書を松江藩隠岐役人が勝手に開封していたことが判明したことから松江藩郡代への非難が高まり、一触即発の事態に至った。

この時、郡代の退去を求める『正義党』と郡代を支持する『出雲党《いずもとう》』とに分かれたが、責任追及の対象となった公文書に「隠岐が朝廷のご領地となった」旨記されていたことが判明すると、正義党は「もはや隠岐が松江藩の支配下にない」と考え、慶応四年三月、遂に三千余名の島民による武装決起で郡代を追放し、そのまま西郷の調練所に陣取った。

この時島前《どうぜん》はこれに同調せず、庄屋達は却って松江に逃避した。

四月に入り、自治政府は代表を京に送り援兵の派遣要請を行うが、一方の松江藩もまた、新政府に大いに働き掛けて取り締りの認可を取り付け、早速三百名に及ぶ松江藩兵を上陸させた。

翌五月戦闘開始となり、松江藩が出雲党を巧みに使って正義党の陣屋に発砲、正義党に死者十四名が出て、陣屋は瞬く間に松江藩の手に明け渡される。

この時、正義党から急使を送られた鳥取藩は直ぐさま景山龍造に騒動鎮撫の命を下し、素早く隠岐に渡った龍造が瞬く間にこれを治めた。

間もなく薩長両藩の軍艦も西郷港入りした結果、六月には再び自治政府が復活した。

然し、その時既に『尊皇攘夷』から『開国和親』へと情勢が大きく変わっていたにも拘わらず、只管『尊皇攘夷』に拘った隠岐自治政府の立場は極めて難しくなっていった。

その年十一月、太政官命が下され、隠岐の取り締りが、これまでの松江藩から鳥取藩に代わることとなり、景山龍造がその統治の任に命じられた。

尊皇思想の志高く造詣深い龍造は藩主慶徳の信任頗る厚く、京に知友多くあって義に叶い朝廷と鳥取藩との関係を円滑に取り持ったばかりか、他藩の為にも労を惜しまず尽力した。また極めて厚いその人望から忽ち隠岐の島民に慕われ、この任にはまさに打って付けの人材であった。

そして、赴任を前にして久々に会う佐善に龍造は重い口調で語った。

「中沼了三がいみじくも漏らしたのだが、かつて、外国船が隠岐に寄港した折、松江藩の武士が相手側との会談を終えた後で、船内に自分の刀を置き忘れたことがあったそうだ。その時も、島民が藩士の無様な失態を責め、いっ時は大騒動になった。そのような輩に島の警護を任せる訳にはいかぬとな」

「それは知っておる。あれは確かに醜態であった、中沼の言い分はもっともなこと」

佐善も聞いて知っていた。

嘉永二年（一八四九）二月、突如として隠岐沖に黒船が現れ、警備していた松江藩や伯耆では大騒動になった。それはペリーが浦賀に入港する四年も前の事である。

「境村の庄屋が大庄屋に差し出した「黒船注進状」によれば、隠州灘に唐船《とうせん》（異国船）が参り直ぐさま松江表に報告するも、一万石積みくらいの船一艘、四・五千石の船五・六艘が目前に現れたのには、普段最大でも千五百石船しか目にしない役人・民衆も流石に度肝を抜かれたそうだ。その十日後、隠州より飛船（飛脚船）を通じて知らされた松江表が島前に赴いた際、彼等より牛鶏や薪などを所望されたが不都合に終わり、その後も何とか身ぶり手ぶりで意思の疎通を図るも、提示された小紋形の文字（ロシア語）は皆目分からず、右往左往したとある。これこそ、我が日本海を南下してきた紛れもないロシア船であった」

佐善の言葉に龍造が繋げる。

「確かにそう聞き及ぶ。ロシア人はそもそも寛政の頃より我が蝦夷地を窺い、幕府が沿岸の諸国に兵備を整えるよう発したと聞く」

隠岐を有していた雲藩は、外寇がいつ何時日本海や隠岐島嶼に拠らんとも知れずと憂えるあまり、徳川十二代家慶将軍就任間もない寛政五年（一七九三）十月頃よりこの警備をなさんとした。

「寛政十一年（一七九九）に至り、唐船番《とうせんばん》の組織を整頓し、訓練を盛んに行わしめたそうだ。嘉永になると、ペリーをはじめ外国船は悉くインド洋を通り薩摩を廻って堺から江戸へと進んできたが、ロシア人はその遥か以前に既に本国より直《じか》に日本海を下って隠岐に到着していた。北方のロシアは早くから我が国松前藩に開港を迫り、彼《か》の北前船の高田屋嘉兵衛もこの絡みからロシアに連行された経緯もある」

これに佐善が言葉を重ねる。

「如何にもそうであった。考えるに『蝦夷騒動』と称されたあの事件は大層な出来事であった。ロシアが度々やってきて、使節を送ってまで松前藩に通称交渉を迫るも同藩がこれを拒否したことに端を発したとある。確か文化三年（一八〇六）であったか、業を煮やしたロシアが松前会所を襲撃して幕府船を焼くなどの暴挙に出た為、遂に松前藩はクナシリ沖でロシアの艦長ゴロウニンを捕らえた。これに対して今度はロシアがクナシリ海を偶々航行中の高田屋嘉兵衛を拿捕したそうな」

「カムチャッカに連れていかれた嘉兵衛は直ぐさま現地少年等と親しくなり、ロシア語を会得した。嘉兵衛の人柄に感嘆し尊敬したロシア人は嘉兵衛が解き放され日本に帰る折、『タイショウ、ウラ〜(大将バンザイ)』と何度も叫んだというが、穏やかで人を裏切らない日本人の誠を感じ取ったロシアは以後、我が国に対する態度を変えた。ゴロウニンはロシアの重鎮であったというから、禁囚中に不幸にして彼が死ぬようなことでもあれば、我等は危うく大国を敵に回さねばならぬところであった」

民間で既に密かに行われていた他国との貿易も、以後は愈々《いよいよ》拡大していった。木綿を糸にして裁断するに不可欠な製鉄用の「蹈鞴《たたら》」も、その豊富で優れた鉄資源を鳥取及び島根に頼り、少なからず貿易に貢献していったのである。

日本海を上がり下りと行き交う北前船も遂には遠く北の異国に及び、また国内中程、能登辺りを航行せる船に一朝事《いっちょうこと》ある時などは、村上水軍の名残が水先案内して上り航路を数時間も早めるに尽力したとさえ言われ、環日本海はまさに夢の航路であった。

「あれから随分と時代は下った、もはや攘夷では立ちゆかぬご時世なのかも知れぬ」

「命を賭して戦い、遂には死を余儀なくされる人々を、我等は、否、国は如何に労い、如何に救わねばならないのか」

「須《すべか》らく世の中は時の政権の思うがままに左右され、仕える身はその度に翻弄され、何も分からぬ町人はただ右往左往するばかり。時には若者達を惑わせ、大きな犠牲を払わせる。然し、この是非に明らかな答えは見出せない」

佐善が斯う返した。

「安易な戦が如何に愚かなものかを知るべしと人は言うが、目の前で辱めを受けようとする我が娘を、また犠牲になっていく肉親・同胞達を、我等はどうしてこれをただ見過ごすことなどできようか」

龍造の言葉には如何にも譲れない思いがあった。

「我等はただ国の為、民の為にと信じて進む外はない。その為なら私の命などどうして惜しいことなどあろうか。武士は義を重んじてこそ美なり、やがて武士の世が消えても人に義は残る、いや、そう信じなければ、既に命を捧げ散った者に何と言い訳ができるであろうか。今まさに進軍している河田も必ずや同じ思いであろう」

龍造は黙って頷いた。

鳥取には、大型船で賑わう加露・泊・橋津・由良・赤碕・淀江・米子・境等多くの主要港があり、隠岐と鳥取、両者の関係は早くから深かった。

取り分け、橋津の港は鳥取藩の藩倉で年貢米の積出し港として賑わい、酒田と並ぶ大きな藩倉であり、上流の東郷池《とうごういけ》から日本海へと繋ぐ橋津川は船による米の集荷に最適であり、この川沿いに発達した港町は、近世山陰道十五番目の宿場として賑わった。

そこには詫間樊六が剣術の稽古をつけた廻船問屋・天野屋の長男中原忠次郎がおり、大枚の金子を借用したのも二度や三度ではなかったのである。

「あの時いっそ隠岐へと向かい、その後大船に乗り換えて石州を目指したならば、五名の命を失わずに済んだかも知れぬ」

「運命の岐路はほんの僅かなずれでも大きく左右されるもの。然し、それもあの折はよく考えての末であったゆえ、今更悔いてもはじまらんこと」

龍造の言葉に佐善が敢えて力強く返していた。

「この隠岐でもまた、正義党十四名の大事な命が奪われた。ここでもか弱い農民達が犠牲となったが、彼等のこの貴い志があったればこそ、大事は成るのだ」

龍造の言う先から溜息が洩れる。

「これ程の大事は、今を遡ること百三十年前の元文一揆に近いものがある。あれは単なる農民一揆ではない。藩政に農民までをも加えんとする藩士までもが関わった大事件、あの暴れ川「千代川」河川敷に五万人が集結したと言われておる」

「飢饉などによる藩政の混乱に乗じたもの、因幡・伯耆と大掛かりであったそうだ。大庄屋徳ノ尾の孫四郎の差し出した願い書からだそうだ」

佐善がつけ加えた。

「ところで、お主等は新国隊を組織した。いざ出陣とまでには至っていないが、新政府首脳は大いにお主等に期待をかけていたようだ」

「同志の思いも夫々であり、纏まらなかったのも事実。大政奉還が成ったとして、一応の我等の役目も終えたとみる向きもある」

佐善はやや苦しげに答えた。

「然し、まだまだ幕府軍の抵抗は強く、うかうかしておれば勤皇派が負け込むことも充分考えられる戦況にある。それにしても、新国隊にはお主の名が記されていないようだが、それに加須屋殿の名も」

「私は些か体調を崩している故、敢えて記載されていないのであろう。また、加須屋にはどうやら別の考えがあるようだ。かつて水戸にて共に学んだ水戸藩同志も多くが犠牲になり、残った同志達も今や佐幕派に押されてすっかり生気を失っている。水戸藩同志と共に行動を起こそうと企んでいた思惑が外れて、加須屋は大いに憤っておった」

佐善が少し体調を崩していたのも事実であったが、佐善はまた、加須屋の別働隊新設の密かな企みをも既に察知していた。

「その水戸藩では、天狗党が大量に虐殺されたが、その多くは農民であった。長州の高杉晋作殿が率いた奇兵隊然り、また丹波山国庄では山国隊が誕生している。隠岐の正義党もまたその多くが農民兵で賄われている。これ以上民を犠牲にしてはなるまい」

景山龍造の命を賭した勇気と人徳があったればこそ、それ以後、隠岐島民の貴い犠牲を何とか食い止めることができた。

翌年、龍造は帰藩する。

「殿のお側近く仕えるよう幾度となく説得されても、貴殿は頑なにこれを拒んでおる。そろそろ殿の御意に随ってはどうか」

佐善の言葉にも何故か首を縦に振らない龍造だったが、その表情には人知れぬ苦悩が滲み出ていた。

斯くして多くの犠牲を払いながらも隠岐に平穏が戻った。

犠牲は勤皇派に限らず、幕府方もまた身命を賭して只管国と民の平和の為に戦い、可惜《あたら》若い命を散らしていった。
そして、江戸に集結した彰義隊もまた然りであった。

地獄絵図 ――彰義隊――

さて、江戸に戻った新政府軍には最大の難関事が待っていた。

早くから江戸に居を持つ一方の彰義隊にも次第に焦りが見え始めている。

幕府を脱藩するも、行き場のない武士達の拠り所は江戸であり、行きつく先は彰義隊であった。

それだけに、増加する彰義隊の質も低下を来たし、勢い統制も乱れて新政府軍の襲撃や商人への金品強要、揚句は商家に押し入って強奪の繰り返しを行うなど、非行は目を覆うばかりであった。

既に前年より大坂はじめ各地で米の高騰による打ちこわしや世直し一揆が多発していたが、これに彰義隊の乱行が加わった江戸の統治能力は今や全く失われていた。

武力で討幕せんと侵入した新政府軍に対し、初めはこれに反感を持って臨んだ市民も、ここで武力をもって抗すれば江戸は忽ち火の海と化すと知って恭順の意を示していたが、新政府軍もまた江戸市民を路頭に迷わせることを忌避して只管安泰を望んだ為、この機に乗じた彰義隊の横暴が堂々罷り通るようになっていった。

彰義隊征伐を間近に控えた日、河田は再び藤野と肥後を呼び寄せ、これに至る経緯を説明した。

「彰義隊の横暴には寛永寺の別当職である覚王院義観《かくおういんぎかん》が大いに影響しているようだ。江戸開城に先立つ三月、東海道進軍中の新政府軍と折衝した際に粗略に扱われたのを根に持って、爾来《じらい》新政府を嫌って何かにつけ反抗するようになったそうだ」

「その男が彰義隊を煽動していると」

「寛永寺境内に暮すようになった彰義隊の若い隊士達を煽動して新政府軍への敵意を募らせた為、彰義隊はすっかり洗脳されてしまったようだ」

「彰義隊が過激な行動をとるのもそのせいだったのですね」

「農民出身でありながら寛永寺の最高位別当職まで成り上がっただけあって、なかなかの才覚の持ち主である上、極めて激しい気性ときている。瞬く間に過激派勢力へと変わっていったのだ」

「彰義隊の実質的な指導者は自ら旗本と称する天野八郎《あまのはちろう》という男であったと聞き及びますが」

「天野は胆力は優れるものの如何にも統率力が無かった。彰義隊が上野に移って後は、そんな天野より、実践力があり金銭的にも彰義隊を援助した義観の方に若い隊士達の人望が集まった」

義観は、若い隊士達に必勝戦略を与えつつ新政府軍との戦いを煽動していった。

その為、彰義隊の粗暴は一層増し、遂に田安や勝海舟の指導にも耳を貸さなくなっていた。

一方、西郷隆盛等が穏便に事を構えた背景には、江戸中を戦火に巻き込んではならぬという思いの外に、今や新政府軍の戦費に大きな支障が生じている重大な事実があった。

今この時点で戦を行うには新政府軍二万の兵を擁するとも言われ、これ以上戦費を増やせない事情から、新政府は江戸での会戦に一層消極的となっていた。

ところが、大村が新政府軍兵力は三千名で事足れりと言い切った為、西郷も遂に折れ、彰義隊との交戦が俄かに現実味を帯びてくるのであった。

「既に戦端を開いた奥羽越列藩同盟との戦いを指揮する為に軍防事務局判事の大村益次郎殿が首領として派遣されることが決まった」

大村は戦争に長けた軍略の天才として既に名を馳せていたが、大総督の幹部達は中央政権の新政府から派遣されたこの大村を決して快く思ってはいなかった。

江戸到着後暫くは江戸城の中で孤立していた大村だったが、京から公家の三条実美が追って派遣されると態度は一変する。

大村の権限が一気に増して、遂には大総督府を無視し一人で彰義隊討伐の作戦を練り始めるなど、まさに独壇場となった。

「彰義隊を単なる烏合の衆としか見ておられぬようだ。つまりは彰義隊を壊滅させて、勝海舟殿が密かに目論んでおられる慶喜将軍復活の策略をも一気に葬り去るお積りだと聞く」

河田のあまりの大胆な台詞に藤野も肥後も一瞬度肝を抜かれた。

「それは初耳にございます」

「そうであろう。この私も流石に考えもつかなかったこと」

「ところでいざ実行となれば、黒門は西郷殿が、西は大村殿が受け持たれることになろう。我々は西郷殿に着き従って黒門に向かう」

藤野、肥後の二人に俄かに緊張が走った。

「黒門はいわば城でいえば大手門に当たる場所、ここでの激戦は必至となる」

「そこを薩摩藩が受け持つことになるのですね。そして大村様はいずれをお構えになられるのですか」

「恐らくは西であろう。いや、実のところ、これには些か激しい意見の遣り取りが交わされた」

二人は思わず身構えた。

「当然のことながら、黒門は文字通り生死の分かれ道ともなりかねない。薩摩藩の海江田《かいえだ》氏が大村殿に向かって声を荒げられたと聞く。『貴殿は薩摩の兵士を皆殺しにされるお積りか』とな」

「して、大村殿は何と?」

「申し上げた通りだ、と。『お主は戦を知らぬ』とまで言われたとか聞いた。そしてこれをお聞きになった西郷殿の顔色が変わったそうだ」

聞き入る二人に返す言葉はなかった。

海江田信義《のぶよし》、薩摩藩士有村《ありむら》仁左衛門の次男に生まれ、江戸小石川で水戸藩の藤田東湖に師事、西郷隆盛を藤田に引き合せている。更に実弟次左衛門《じざえもん》は桜田門外の変に、水戸浪士以外で参加した唯一の志士である。

結局は西郷が決した。

「大村が確信があるから任せてくれと言うのだ。要は勝てばよいことでごわす」

そう言って大村に一任したという西郷の言葉には、さしもの海江田も止む無くこれを呑むのであった。

「海江田殿は大層気性の激しいお方のようで、取り分け大村殿に対しては、常日頃から『あの火吹き達磨奴《だるまめ》』などと言って異常な程の憎悪を抱いておられるとも聞く」

「此の度は『戦を知らぬ』と言われたのが余程腹に据え兼ねたらしいが、島津久光公が西郷殿を嫌うあまり、思わず噛んだ煙管《きせる》に歯形がついたという逸話を思い起こす」

「いや、恐らくその比ではないであろう。生麦事件では相手のイギリス人に止めを刺した人物。桂小五郎殿が、海江田殿を危険な輩と評したくらいだからな」

「いずれにせよ、我等は、その黒門に薩摩藩の従軍として集まることになる」

連戦で疲れの出ていた河田隊だったが、些かの休息も許されることはない。

その日、宇都宮支藩主にして参与で、京都に在った戸田大和守より、去る二十三日における宇都宮城奪回の功績に対し、新政府軍諸藩へ感謝状の外、酒肴が配布され、山国隊にも、生酒一斗二升、鯣《するめ》八十枚が分配された。

同日、東山道総督より鳥取藩に対し感謝状と慰労の酒肴が授与された。

東山道総督陣営の警衛に当たり、五日になって参謀局から練兵についての細かい達しが出され、山国隊はこれに先んじて雨中の調練を開始した。

この時、藤野に二ヶ月間に亘る帰京が許されていた。

「彰義隊や幕府に恩義を感じる武士等が粗暴を極めている。我々に反感を抱いており、いつ戦闘となるやも知れぬ」

「上野の山に彰義隊や遊撃隊の外、旗本家臣約三千名が立て籠ったという噂がある。この風評が江戸中に流れ町は火が消えたようだ」

各藩各隊は上野の山に神経を集中していた。

上野東叡山付近には散歩禁止令が出されている。

新政府軍に勢いありといえども、江戸町民の徳川贔屓は根強く、更に寛永寺側が僧徒大会を開いて新政府軍の進駐反対を決議し、裏面工作を張り巡らすという、新政府軍にとってはまさに四面楚歌の状況にあった。

だが、千人にも上る彰義隊はこれという所作もないまま益々冗長して浮浪人化し治安を妨げた為、一時期、勝、大久保と西郷が相談の上、彰義隊を警察隊代わりに仕立てたところ、これが災いして却って横暴が目立つようになった為、遂に征伐を決めた。

五月に入ってからも彰義隊の非行は増すばかり、新政府軍との衝突はもはや避けられない雰囲気となった。これを逸早く察した町火消、鳶頭であり侠客の新門辰五郎《しんもんたつごろう》は上野山台地の上端に沿って木の柵を急拵えし、全山を取り巻いて防禦《ぼうぎょ》に備えた。この時、辰五郎は子分と火消し仲間を集めて僅か数日の間に造り上げたという。勝海舟とも親交深く娘の芳《よし》は将軍慶喜の愛妾となっている。

新政府軍圧倒的優位と感じ取った江戸庶民の徳川贔屓も手伝って、いざとなれば江戸中に火を放って炎の海にするなどという噂も飛び交った。

斯うして彰義隊と新政府軍との攻防戦の火ぶたが切って落とされることになる。

江戸は六日から八日に掛けて雨、僅かに九日が晴れて再び十日が雨、とうとう十五日までの十日間に晴れたのはたった一日であった。

そして十四日夜、河田は通達を発した。

「明日未明、西ノ丸下の大下馬前に整列せよ。諸藩新政府軍全員集結し、直ちに東叡山の賊軍に向かい進撃する」

五月十五日未明既に雨。

集結した薩・長・土・肥・因・備前・鍋島・阿波・尾張・彦根の藩兵、総勢五千の新政府軍兵士に対し、彰義隊は当初の三千名からおよそ一千名に減っていた。

新政府軍は薩摩・鳥取・肥後各藩兵が湯島を経て黒門口に向かうと、長州・大村・佐土原各藩兵は敵の背後をつく為団子坂へ、砲隊を主力とした肥前・筑後・尾張・津各藩兵が本郷台へと向かい側面から攻撃する手筈を整えた。

黒門口は西郷隆盛を頭として、鳥取藩は河田左久馬が、肥前藩は津田山三郎が指揮を執り、先ずは肥前藩のアームストロング砲の一発を合図に薩摩兵がどっとなだれ込んだ。

鳥取藩の布陣は佐分利鉄次郎隊と山国隊の二隊、この日薩摩藩が先鋒を担い、山国隊は第二陣として上野広小路へ進撃した。

戦端は開かれ正午を過ぎてなお一進一退を繰り返し、彰義隊の必死の抵抗により、山国隊はまるで先へ進むことができないでいた。

雨は一段と激しさを増し、やがて、あちこちで上がる火の手に町民は恐れおののき、皆戸締りを厳重にして閉じこもるが、広小路の一部や仲町の大部分が焼失し、火勢が増すと難を逃れて飛び出す者、逃げ惑う者多く、火炎と砲声頻りの中、人々の恐怖はこの上ないものとなった。

「薩摩隊は攻撃に失敗したようだ。我が藩はこれより上野山下へ降りよう」

河田の号令により火災の起こった広小路を潜り抜け、山下へ出たが、敵の包囲網にあって動きが取れず、次々に死傷者が出る始末。

「この上は仁王堂に火をつけよう」

原が河田に進言した。

軍の規律で禁じられている放火に、初めは迷ったが、これを用いずして救出はないと悟った河田は意を決して放火を許した。

この時河田が、敵陣を突破しながら、「戦死者の首携えて進め」と大声で叫んだ。

これが功を奏して敵は退散、一行はこれを追撃しながら上野砲台下の町家に入って休憩した後、崖上の砲台に上り一斉射撃した為、敵兵は慌てふためいて死傷者を残して敗走した。

一番乗りを果たしたのは山国隊であった。

成果は大砲六門、小銃二百余挺であったが、然し、山国隊の後に続いた鳥取藩、薩摩藩の中、十二名が味方肥後藩の砲撃誤射で倒れた。

そして、この重い戦いの中で、山国隊もまた大きな犠牲を払う結果となった。

一人は上野黒門前の宿の二階で小銃で応戦中に額を貫通され即死した。

この時、中西市太郎が一隊から僅かばかり遅れていた。

一帯は血で塗りつぶされ、折り重なる死体の山はまるで地獄絵を見るようであった。

市太郎は惨たらしい屍の合間を縫って恐る恐る通り過ぎるも、足はすくみ今にもへたれ込みそうになるのを必死に堪えながら歩いていた。

その時、一人の敵兵が上半身を起こしながら物凄い形相で市太郎を睨みつけた。

その場を慌てて抜け出そうとする市太郎の右足を捉え、男は必死に食らいつこうとした。

市太郎が手にしていた刀を振り上げようとした瞬間、相手は絞るような声で言った。

初めは何を喚いているのか理解できなかったが、続いて縋るような目つきに変わった瞬間、市太郎はこの男が何かを訴えようとしているのだと気がついた。

「何か言い残したいことでもあるのか」

振り向きざまにそう言うと、男は小さく頷いた。市太郎は何故か震えも止まり男の側に跪くと、男は微かに笑みを浮かべたように見えた。

「早う言え。わしもここを逃げ出したいのだ」

「親に伝えて欲しい、懸命に戦って死んでいったと」

「お前の名は？　お前の国はどこや？」

男はもう息絶えようとしていた。

「しっかりしろ、お前の名前は？」

「今井しげ太郎、上野《こうずけ》は邑楽《おうら》郡の――」

そこまで言うと激しく咳き込んだ。

「分かった、お前の名は今井しげ太郎やな？　上野国《こうずけのくに》の邑楽郡やな？」

男は途端に柔和な表情に変わった。

「今一つ頼みがある」

「何や」

「お前の刀でひと思いに俺を殺してくれ」

苦しみに耐え兼ねてのことだと直ぐに理解できた。

片手で拝み込む男を目がけて刀を突こうとするが、市太郎には最後のひと押しがどうしてもできない。

もう一度せがまれた。

気を取り直して男の胸に剣先をつけたその時、いきなり脇から別の刀が差し出され、一気に男の胸を突いた。

男は一瞬顔を歪めたものの、直ぐに微笑みを漏らすかのようにしてそのまま息絶えた。

「さあ、早う行こう！　ここにいたら俺達もやられへんぞ」

市太郎の腕を抱え上げ立っていたのは塔本清助であった。

清助の情の一刺しだった。男は既にうつ伏せに倒れ込んでいた。

市太郎は清助と共に急いでその場を立ち去った。もはや振り向くことも許されなかった。

市太郎は走りながら思いっ切り叫んだが、何を口走ったのか、どう叫んでいたのかは、まるで記憶の彼方であった。

鳥取藩の損害は、従軍山国隊の田中伍右衛門を含め、戦死者十名、負傷者十三名に上っていた。

この戦の間中、江戸城内にて待機していた大村益次郎の予測は、戦の終結時間といい、彰義隊残党の敗走経路といい、悉く的中しまさに得意満面であった。これに対し、不本意ながら一方的に最激戦の黒門口を任された薩摩隊の犠牲は他の何れの部隊よりも抜きん出て大きく、この時大勢の部下を戦死させてしまった西郷隆盛の顔面は蒼白にして、やがてその形相は鬼のそれに変わっていた。

翌十六日は晴れ、一行は戦いの疲れを一旦ここで癒し、翌十七日からの警備と罹災した市民への施米に注力することになった。

当日はまた雨であった。

山にはあちこちに死体が散乱し、胴体と手足がばらばらとなるなど、その惨状は目を覆うばかりである。死者は、新政府軍側四十余名に対し、彰義隊側は二百余名に達していた。

生き残った彰義隊士の何名かが品川沖に停泊していた榎本武揚《えのもとたけあき》の艦隊にかろうじて逃げ込んだ。一行の船は一路蝦夷地を目指すことになる。

先の天野八郎は捕えられ獄中で病死するが、黒門口を守らんとして数十名を引き連れ山王台に駆け上がり振り返ったところで味方が誰一人後に続いていなかったのを嘆き、獄中で「徳川家の柔極まれり」と書き記したまま相果てている。

この時、千葉重太郎は辰ノ口歩兵頭として上野山内の戦後処理に当たったが、勝海舟、山岡鉄太郎、西郷隆盛等とも親密な関係にあった重太郎の役割は極めて重要であり、またその処理は実に的確であった。

だが、この惨状を具にした「徳川贔屓で慶喜嫌い」の江戸庶民の思いは複雑であった。

江戸が大方決着したとみて、その夜、河田は因藩烈士の仲間中井範五郎と二人だけで盃を交わした。

「黒門口の攻撃で西郷殿がわざわざ第一線に起用した益満休之助《ますみつきゆうのすけ》殿が敵に胸を撃ち抜かれたが、西郷殿は何とか助けようと必死であった」

益満は一週間後に死去するが、前年末の薩摩三田屋敷で幕府方からの襲撃によく抗戦した大事な仲間を失わんと、西郷は英国のパークスとアーネストサトウに手紙を認め英国式の外科手術を依頼するも破傷風に罹り他界する。

汚名の屈辱を受けながら処刑された赤報隊・相楽総三の死から僅か三ヶ月後のことであった。益満は江戸で、相楽は江戸への途上で、共に明治維新を見届けぬまま相果てた。

「それにしても、こんなに早く相手が崩れるとは思いもよらなかった」

「いや、確かに。まことあっけなかったと言う外はありません」

中井がそう応えた。

「千葉殿の戦後処理は、まことにそつがなかった。西郷殿等との連携も実に見事であり、我が藩の名も大いに高まるであろう。我が殿に些かでもご満足願えればと思う」

「慶徳公はお心の中で未だ我等をお許しになってはおられませぬ」

「然し、鳥取藩は今や朝廷につき、既に新政府軍に加わって進軍しているのです」

いつの間にか話に加わっていた井上静雄に目を向けながら中井が言った。

「それでも藩内には未だに幕府方を支持する重臣がいる。そればかりか、我が同志の中にさえも、此の度の新政府軍に参加する我等を快く思っていない者がいる」

「弟の精之丞が此の度の行軍に加わらず、初めの中はお主と二人。この程参加した永見と加須屋を加えても四名に止まっておる。他の同志は新国隊を組織して今は故郷で軍事訓練に勤しんでいるが、その心中は必ずや同じに違いない」

河田のこの言葉を中井は真っ向否定した。

「我等は同志達に、己の立身出世を謀らんとして新政府軍に参加しているものとみられております」

「いや、それは我等にではなく、私、即ち河田左久馬個人に対する思いからであろう」

河田の顔が曇るのを見て、中井が繋げた。

「我等が討った黒部殿等重臣四名遺族の遺恨と藩内佐幕方藩士達の我等に向けた深い憎悪が、詰まる所我等を分断させるに至ったのかも知れぬ」

河田は少しの間を置き、ゆっくりと頷いてから言った。

「同志は新国隊を組織したが未だ京に留まっている。やはり、我が藩の幕府方を大いに意識しているからであろう」

「然し、我等とて、この戦でいつ何どき討ち果てるとも知れぬ身なのです」

中井のふと漏らしたその言葉が、何故か河田に重く圧し掛かった。

そしてその時、中井の目は少し虚ろに見えた。

どこからか、風が吹き込んでくる。

この上野戦争により新政府軍は江戸以西を掌握し、戊辰戦争の最前線はここから北の要塞である宇都宮に変わり、更に北陸、東北へと移動することになる。

そこには、長岡、会津、仙台、米沢、庄内と旧幕府勢力が待ち構えており、必死の攻防が繰り広げられるは必定であった。

四日後の二十二日、突如小田原城への進軍命令が出された。

上野山に駐屯していた山国隊も従軍としての参加を言い渡された。

この時、河田等と共に山内の警備に当たっていた千葉重太郎が江戸出立直前の十九日に大総督府を訪れ千五百両の金子を献じた。

「当局からは特段の謝意も得られなかった」

珍しく河田に零した千葉は河田等の出陣を虚しく見送っていた。

一方、京へと旅立った藤野は、途中思わぬ悪天候により川が洪水して足止めをくうなどままならず、止むを得ず迂回するなど危険を冒しながら先を急ぐが、財政難により御供はつかず、鳥取藩士三名との道ゆきで、重い心を引きずりながら更に西へと向かっていた。

この年は梅雨入りが殊の外早かった。

雨中に緑を見るも、初夏の香りも爽やかな風も味えぬまま、花は開く間もなく雨滴に晒すのは蕾ばかり、風情は悉く失われていた。

旅情の慰めもままならず、只管故郷に向かう藤野の足取りは一層重い。

その夜の宿に身体を休め、やがて夜が明ける頃、藤野は再び出立した。

薄く月影残る草原に日はゆっくりと昇り始めていた。

行くも留まるも棘《いばら》の道　――小田原出陣――

彰義隊の上野開戦を知らされた幕府方遊撃隊が急ぎ東進、途中、沼津で新政府軍軍監和田藤之助を襲い、そのまま箱根へと下るが、和田の命を受けた小田原藩により、遊撃隊はなかなか箱根関所を通過することができなかった。

然し、強行突破しようとする遊撃隊と交戦に及んだその頃、小田原藩内にて俄かに藩論が佐幕に傾き、遂に小田原藩が翻意して遊撃隊と和睦。

この報を受けた箱根守備隊と小田原藩兵両者が結託して小田原、箱根にて突如反旗を翻し、一気に箱根関所を突破、その場にいた軍監部員十一名を襲撃して、そのまま小田原へと向かった。

小田原藩はこの事実を軍監部に黙秘して伝えなかった。

その頃、我が軍の陣中見舞いにと生卵二百個を携え現地部隊への差し入れを終えた中井範五郎は、その足で事情視察の為登山した元箱根付近の権現坂にて井上静雄等と共に遊撃隊によって斬殺されてしまう。

中井戦死の報を聞くや、憤懣やるかたない河田は当局の指令を待つことなく自ら参謀となり、新政府軍を率いて直ぐさま出立した。

四月より東山道探索方として参加していた中井の十歳年上の実兄・永見和十郎はこの時河田に同行し、真っ先に敵陣に飛び込んでいった。

新政府軍は、改めて小田原藩に同藩単独で遊撃隊を討伐することを命じた。

六日後の五月二十六日の小田原、翌二十七日の箱根両戦争で壊滅に追い込まれた遊撃隊は箱根山を敗走、房州館山へと逃げ延びた。

宿営が小田原城内に移ると、打って変わって藩主からのもてなしは極めて丁重なものであった。

六月五日、江戸への引き上げ命令が届き、凱旋の途についたが、共に辛酸を舐めてきた戦友・中井を失った河田の落胆は見るに忍びなかった。

愚痴を零そうにも信頼する藤野は未だ江戸に帰参しておらす、河田は傷心の痛手癒えぬまま悶々とする中を、今度は奥羽へと進軍せねばならなかった。

河田は堪らず佐善に手紙を認める中で、寝付けず宿舎を出たあの月夜のひと時を想い起こした。

あれが今生の別れとなるのであれば、もっと語り合えば良かった。あれが心を通わす最後の時であったなら、感謝の一言も掛けられたであろうにと、返す返すも無念でならず、胸掻き毟られる思いであった。

二人の背後に流れ落ちたあの時の流星を河田は無論知る由もない。

小田原戦争が終わった頃、仙台・米沢・庄内を中心とする奥羽二十五藩による反新政府同盟が成立ち、更に、新発田・長岡藩等北越六藩を加えた『奥羽越列藩同盟』が結成された。

これは、仙台藩主と米沢藩主による会津藩への穏便な処置要望を新政府が受け容れなかったばかりか、新政府軍による東北への攻撃密書が発覚した為、会津藩が先制攻撃を掛けて白河城を奪取し、更に諸藩が結束を固めて奥羽軍事同盟に至ったものである。

五月十九日、新政府軍は熾人《たるひと》親王に会津征討大総督を兼任させ、更にその下に三総督を配置編成。奥州征討白河《しらかわ》口総督に岩倉具定《いわくらともさだ》、同平潟《ひらかた》口に四条隆謌《しじょうたかうた》、同じく越後《えちご》口総督に高倉永祜《たかくらながさち》を配して、先ずは白河口と平潟口を攻撃することに決定。河田左久馬はこれまでの東山道軍下参謀《しもさんぼう》から新たに平潟口参謀となり、鳥取藩がその援軍の任に就いた。

戊辰戦争中に、正規の参謀に昇進したのは、この河田左久馬唯《ただ》一人であった。

既に仙台方面へ出動していた薩長軍は早くも奥羽同盟の攻撃に遭って苦戦を強いられており、この為官軍は陣容を整え、新たに作戦を練り直すことになった。

そしてこの時、河田の耳に、山国隊が奥羽参戦を巡って二分したという頭の痛い情報が入った。

「藤野取締役が帰京で不在ゆえ辞退したいとの申し出だったようだ」

「反対派は従士が中心で、『これまでの戦役で自分達の義務は充分果たし得た』との言い分であった。それに対し、郷士等が、『血判状にて盟約を交わしながら、挫折とは見苦しい』と反論し、とうとう負傷療養中の辻肥後まで呼び出される始末」

原司令士の説明に河田は暫し思案顔であった。

「今のままでは、たとえ戦功があっても従士に何の恩恵も回ってこないと思ったのであろうか」

河田の推測は当たっていた。

「従士は『出発の時に聞かされた話と中身が違う。俺達は騙されたみたいなもんや』と言い出す始末で私もどうにも止めようがなかった。最後は業を煮やした水口が、反対派に背を向ける格好で辻に向かって、名代として弟の繁次郎を出兵させるよう要請したが、その時、久保秀次郎が自分の名代として為次郎を出すと申し出てくれたのだが、結局従士達反対派との折衝は不成立に終わり、最終的に山国隊は有志九名が参戦することで決着したのです」

藤野は二十一日掛けて五月二十六日漸く京に着いた。藤野帰京の目的は三つ。

その一つは京出立の際、分裂した一方の親兵組との和合であり、一つは出陣時から困窮している戦費一切の調達であり、最後の一つは山国隊の留守家族への慰労と説得であったが、これらいずれも、山国隊の前途に大きな支障となる極めて深刻なものであった。

山国郷二派の和合に関しては、山国隊の鳥取藩付属隊を巡って対立したまま今に至っている。また、山国郷の借財発生が朝廷従軍決定前年に遡り、この借用書が東西分裂前の山国隊・親兵組郷士による連帯責任によるものであった為、東西いずれか一隊だけがこの責めを追う状況にはなかった。

東西和合の成否に拘わらず、山国隊と親兵組との共同解決が不可欠であった。

親兵組がその後も引き続き宮警衛隊としての許可願を出し続けていたのも、一つには出陣に要する費用調達の目途が全く立たなかったからであり、強行出陣した山国隊の財政行き詰まりを容易に知り得たからであった。

しかも、王政復古に乗じて秀吉時代に一旦剥奪された社司叙任を受けるには郷内の有力者である既に進軍している山国隊郷士達の協力が不可欠であった。

藤野は五月に若代家を訪問、また、水口市之進、藤野市次郎等、また水口源次郎母等の訪問を受け、六月には、親兵組と会い、山国隊の戦功等を報告するとともに和合に向けての協議に臨んだ。然し、最終的に折り合うことはなかった。

課題のもう一つ軍資金の枯渇と調達は何より深刻であった。

そもそも新政府軍自体に資金がなかった。

三百年近くの間蓄えてきた幕府軍と違い、新政府には培ってきた財源などないのが当たり前であり、況して鳥取藩付属隊となれば、手弁当持参、武器さえも自前が慣習であった為、山国隊が苦労するのは初めから目に見えていた。

一万石の大名が一小隊を組織する中で、山間僻地の郷村から同じく一小隊を出したのだから、それだけで負担が重いのは明らかである。

「義勇隊だから俸給を受けないというのは分かりますが、武器や軍衣、寝具まで自弁というのでは困ったことです」

「毛布は鳥取藩からの貸与で賄っているが、確かに軍衣や運搬費は自分達で調達しなければならないのです」

藤野はそう答えるのが精一杯であった。

「倅は行く先々から仕送りをしてくれと無心してきます。親だって目一杯ひもじい生活を強いられているんです、ほとほと困り果てています」

水口源次郎、高室誠太郎、森脇市郎等の家族が口ぐちに零した。

「皆から仕送りして貰った金は山国隊として一箇所に集め、これを有効に使用している。我等にも大きな責任がある」

そうは言ったものの、実際には仕送りされた金がすべて隊に寄付されていた訳ではなかった。隊員達の遊興費に使われることもしばしばであり、それを咎めることもできなかった。死と隣り合わせの日々にあって、それくらいの安らぎがなければ、とても行軍など務まるものではなかった。

こちらが死を賭して戦っているにも拘わらず、故郷に残る郷民達の理解があまりに薄いと不満を持つ隊員達にしてみればそれも無理からぬことであった。

「攘夷の為、新しき国造りと民の平穏の為、今我等は何としても、お上の許、幕府を倒さねばならないのだ」

誠実で温厚な藤野にそう言われてしまえば、郷民にも返す言葉はなかった。

藤野自身にも、鳥取藩に対する不満はあった。

だが、敬愛する河田隊長や原司令士を信じて我慢する外はなかったのである。

新政府軍が、富裕者、高利貸しから借入するにしても、既に莫大な借財をしており、かつて徳川幕府が「徳政」という切り札を使って過去の貸借を一方的に帳消しにした前例があることから、これ以上の貸借には自ずと限りがあった。

藤野は、またしても留守部隊の水口市之進、鳥取藩周旋方の若代四郎左衛門に縋《すが》るしかなかった。

水口は充分心得ており、補充に注力し、また、鳥取藩の会計係から臨時で借用の便宜を図って貰うなどして何とか戦費を整える算段が付けられた。

三つ目の課題となる、出征した山国隊留守家族への真相説明は予想以上に深刻であった。理解を求めるのに随分と難儀した。

一つは、残された家族の生活窮乏の外に、出陣した若者達からの無心であった。出征した若者にとっては、生活費もさることながら、せめてもの慰みに金子が不可欠であった。野州への出陣を前にして、千代蔵と秀次郎が遊郭に消えたまま無断で外泊したのも、親に無心して仕送りして貰った金があったればこそ、それこそ、親はなけなしの財布を叩いて我が息子に送っていたのであった。

更に深刻なことに、山国隊出発以後も、留守家族への誹謗中傷が続き、その心痛というもの尋常ではなかった。

藤野はいちいち民家を回り、山国隊の勇敢な活躍ぶり等を語って聞かせ、時には酒さかなを振舞って説得に努めたので、どうにか理解を得られた。

そんなある日、京の留守部隊市之進の宿舎にいたところを、思いもよらず、橋爪千代蔵がひょっこり藤野の前に現れた。

「どうしたんだ千代蔵、何故ここにおる」

「藤野さんをお迎えにと思ってここまで来たんや」

「お主、よもや嫌気がさして逃げ帰ったのではあるまいな」

「いーえ決してそないなことはあらしまへん」

「黙って隊を離れたのではあるまいな」

「こっそり、辻定次郎にやけは伝えて参ったんや」

「それにしても、進軍中にも拘わらず何と大それたことを。私を迎えに来たというのは方便であろう」

「ほんまどす。一目お母ちゃんに会いたい気持ちもあり、また藤野さんが道中お困りやと思って」

その言葉を鵜呑みにすることはできなかったが、ここで問い詰めれば本当に村に戻ってしまう可能性もあり、ここは千代蔵の顔を立てて敢えてそれ以上詰問することを避けた。

「それで、我が山国隊は如何しておる？」

「あの後、小田原に向かい、敵軍と一戦交えたんやが、敵はこちらの勢いに押されて退散したんや」

「そうか、ならば山国隊は皆無事だったのか」

「へー。ただ、副軍監の中井範五郎様が戦死なされたんや」

藤野の顔色が変わった。

「あの中井様が？　してまたどうして」

「小田原藩と静岡から東進してきた遊撃隊とが和睦して、小田原、箱根で突然反旗を翻したのどす。この事実を知らされておへんどした中井様は元箱根に到着されやした時、敵の遊撃隊に斬られてしもたのどす」

「それは無念だ。我等山国隊に事ある毎に目を掛けてくれた。河田様の右腕として常に行動を共にされたお方、さぞや河田様もお心落としのことであろう」

「そら見るに忍びへん程、打ちひしがれておられやした」

「そうであろうな」

藤野は直ぐにでも一行に戻りたい心境であった。

「ところで、お前は母親に会うたのか」

「ええ、昨日《きんの》会っていろいろ話したんや」

「そこでまた無心したのではあるまいな。皆には私が説き伏せ納得して貰った。そういえば過日お前の母親に会った時、金をせびられて困ると泣いておったぞ」

千代蔵の舌の滑りが途端に勢いを増すのを見て、翌日、藤野は敢えて千代蔵母子を呼び寄せて説得したところ、母親から返ってきた答えは意外なものだった。

「皆に渡して隊で共有しはると聞きました。たとえ、それが嘘やて、千代蔵が遊興に使おうとも、明日をも知れぬ命と思えば惜しくはあらしまへん」

千代蔵は途端に俯いた。

「せんど金をせびられて、家の皆もなんぼひもじい思いをどしたか。やて千代蔵の妹もほしてええと言いますわ。お国の為、千代蔵の為と思えば仕方がへん、自慢の倅の為には辛抱もできようちゅうもんどす」

藤野は何も応えることができず、皆が黙り込む中、一人千代蔵の号泣する声が辺り一杯に響き渡っていた。

斯うして一応の役目を終えた藤野は、六月二十八日、新たに入隊した辻彦六の甥と橋爪千代蔵を伴い、京を離れ急ぎ山国隊の許へと出発した。

東へと下る途中、鈴鹿峠に差し掛かったところで江戸に向かっていた鳥取藩に出くわし、この二十二日に山国隊が奥羽に進軍することを知らされた。

七月に入り、途中箱根を越す折、関所、旅宿が粗方焼け尽していたのを目の当たりにしながら、漸くのことで山国隊の陣営に辿りついたのが七月七日であった。そして、藤野に待っていたのは、奥羽への進軍に当たって山国隊が分裂したという知らせであった。藤野は心底がっかりした。

直ぐさま、反抗した従士層を中心とした残留組を集めて根気よく説得した結果、やっとのことで反対派の了解を取り付けることができた。

然し、これには条件が付された。

戦争を終えて京へ戻った後、またたとえ武運拙く戦死した場合でも、必ずや名主格に取り立てることが不可欠要件であった。

朝廷からの恩賞に預かる場合も郷士・従士の別なく平等に分配することを約束させられたのである。

藤野は、この取り決めにつき直ぐさま京の水口市之進に、自分が戦死するようなことがあってもこの事は是非実行するよう取り図られたい旨手紙に認めた。

これはまた、山国郷で散々批判され苦しんでいる残留家族への恩返しにもなると承知していた。

七月十一日、千葉重太郎は、藤野斎、原六郎、柴捨蔵と名を変えていた北垣国道、細木元太郎、那波九郎左衛門を屋敷に招いた。この時、重太郎の妹『佐那《さな》』が接待役を務め手料理を振舞った為、一同の喜びはまた格別であった。

佐那は三人姉妹の真ん中で姉はこの時既に病で死去しており、妹は五年前に他家へ嫁いでいた為、道場ではこの佐那が専ら接待役を担っていた。

佐那は際立って美しく、琴・絵画を嗜む物静かな半面、剣・長刀にも長け、馬も巧みに操ることから、『千葉の鬼小町』とか『小千葉小町』などと称され世間の評判を呼んでいた。かつて婚約者であった坂本龍馬も今はなく、一人、重太郎につき只管日々精進するのであった。

「坂本龍馬様はまことに惜しいことをしました。それにつけても、大変な御仁でございました」

聞えよがしの藤野の言葉に、佐那は少しも表情を変えることがなかった。

「お口汚しではございましょうが、どうぞお召し上がりくださいませ」

「これは、みな佐那の手料理でな」

重太郎の嬉しそうな表情に、原と細木もつられて大きく相好を崩した。

「いや、これは旨い。酒の肴にはもってこいのものばかり。特にこいつは美味ですな」

それを見て、重太郎が思わず困り顔になった。

「いや、それは隣りからおすそわけして貰った漬物でな」

「いや、あっ、まあ、そういえばただの漬物ですな」

細木の慌てぶりが余程可笑しく映ったのか、佐那まで声を上げて笑い出した。

「いや、どうにも、武骨な者ばかりで困る」

原までもが思わず頭をかくと、藤野が堪らず噴き出した。柴と那波が互いに酒を酌み交わすと、佐那が直ぐに割って入り、二人に酌をしてから、その流れで自分も酌を受けた。

「いや、これはお見事！　流石は鬼小町、いや、あの千葉小町でござる」

わざと不満顔を装う佐那に、今度は重太郎が堪らず、皆一斉に大笑いした。

佐那にとっては久々の気の置けない客人達であり、殊に、原と柴（北垣）はかつて元治元年に重太郎が匿った経緯から既に顔なじみでもあった。

「北垣殿は前年十月の生野での挙兵に失敗した後、郷里に戻り同志を追って自刃を図られたが、ご母堂のお言葉によって再び蘇られた」

重太郎の言葉に柴は感慨深げに斯う漏らした。

「諭されたあの時の言葉『生きてこそお国の為に尽くせようもの、それが本当の武士の務めというもの』、この母上の一言ばかりは心に染みた」

原六郎が後を続けた。

「北垣殿はその後、松田道之と出会うて鳥取藩士となり、翌元治元年には長州藩の久坂玄瑞《くさかげんずい》、高杉晋作殿等の助けを受けて長州へ逃れることができた」

重太郎が思い出したように語る。

「水戸の藤田小四郎殿等と接触したのも、また龍馬殿、河田殿等と蝦夷地開拓を謀ったのもこの頃であった。だが、京の池田屋事件で多くの同志が討たれ、蝦夷地への計画は頓挫してしまった」

これに原が続ける。

「その翌月には、佐久間象山殿が刺客に襲われて落命、勝先生が幽閉されたのも同じ月であった」

「あの折は、幕府より鳥取藩邸に使者が送り込まれ、千葉道場にて匿っている勤皇の志士達を追い払うよう指示が出されておった」

「我等は隅に隠れて生きた心地がせんかった」

「いかにも」

原と柴が口を揃えて言った。

「あの時救ってくださったのが備中松山藩主の板倉周防守勝静《すおうのかみかつきよ》様であった」

「あの後の慶応四年正月、備中松山藩が接収されお家断絶を申し渡された折には、兄上が頼み込んで格別のお計らいにより、板倉家の断絶は免れました」

佐那の言葉に重太郎は何答えることなくただ笑うばかり。

この日の重太郎は頗る機嫌が良かったが、何より千葉小町のお酌に藤野等一行の目尻は下がりっぱなしであった。

「ところで、龍馬殿の話が出たが、暗殺される七ヶ月前であったか、河田殿が龍馬殿と二人だけでお会いになられたと河田殿から直々に聞いておる」

「お二人が会談をなさったという話は私も聞いて存じております」

すかさず藤野が応えると、この時ばかりは流石に佐那の表情が変わった。

原・柴を匿っていた同じ元治元年（一八六四）に龍馬は一度千葉道場を訪れていたが、この時、龍馬には既に緊密の仲のお龍がおり、龍馬は佐那と顔を合わせながらとうとう言葉を交わすことなく立ち去ってしまい、それ以後龍馬が暗殺される慶応三年（一八六七）迄二人が会うことはなかった。

「河田殿との会談では、『ワイルウェフ号』の沈没で亀山社中の多くの同志を死なせてしまい蝦夷地移住を一旦断念せざるを得なかったとのこと。そして、ワイルウェフ号を曳航していたユニオン号で五島に立ち寄り、そこで自ら碑文を書き、土地の庄屋に金子を渡して社中十二名の墓碑建立を頼み霊を慰めて帰ったそうだ。その十二名の一人でワイルウェフ号の船長黒木小太郎は我が鳥取藩士にして一時期千葉道場で修行を積んだこともある。翌年の『いろは丸』事件。また勝海舟暗殺に向かった筈が反対に諭されてしまい、その度量の深さに感服して遂には海舟の門下生になってしまったことなど多くを聞かせて貰った」

「その龍馬様も今はこの世におられません」

藤野の言葉に佐那の顔が俄かに曇った。

「先程申した黒木小太郎だが、千葉道場の門下生に岡田星之助《ほしのすけ》という同じ鳥取藩出身の武士がいた。この岡田を巡ってあの龍馬殿が生涯はじめて人斬りを試みたと言われておる」

「人に手をかけることのなかったあの龍馬様が」

「この件《くだり》は定かではない。だが、岡田は飛び抜けた尊皇思想の持ち主で、その激しい行動には周囲が恐れをなしていたとも。略同時期に海舟門下生となった穏健派の龍馬殿には悉く反発し、やがて血気に逸って龍馬殿を討たんと企んだ事が表沙汰になった為、流石の門人達が機先を制して岡田斬殺に及んだと聞く。この一団には黒木小太郎も加わっていたそうだ」

「つまり勝海舟様も暗黙の了解であったと」

「すべて真相は闇の中、仮に龍馬殿がこれに積極的に関わったとして何の不自然があろうか。議論に決着なければ腕力によってでも決すべしとした龍馬殿のまさに真骨頂であろう」

そう語る重太郎の目は輝いていた。

「時に、河田殿と幕臣の山岡鉄太郎殿は、めいめい私のところを訪れては互いを褒めておった。山岡殿は『偶々志すところと置かれた立場が違うものの、河田左久馬という男、敵にしておくにはまこと惜しい人物』と評していた」

勝海舟の意を受け先に西郷隆盛との会談を仕立てたこの山岡鉄太郎（鉄舟）あってこそ、速やかなる無血開城が成ったものである。

語る千葉重太郎も同席した山国隊も、その表情は如何にも満足げであった。

後日、藤野は重太郎にまたまた金策を依頼することになるが、ちょうどその頃から、重太郎の養子・千葉東一郎の守る桶町の道場に、水口幸太郎、辻繁次郎、橋爪治兵衛、森脇市郎等十二名が入門を希望し、六名ずつ交代で通うことで出入りが許された。

この時ばかりは、藤野が入門の謝礼として千葉道場に金子と扇を進呈している。だが、またまた金策を頼まねばならない藤野の気持ちは実に複雑であり、一方の重太郎もまた、このところ門弟も減り幾らか寂れ掛かる道場の行く末を案じながら、影の差し始める経営に自らもまた不安を感じていたのである。

しのび泣く雨の夜に　——それぞれの道——

一方、新国隊は京に残ったまま教連に務めていた。

指揮者には鳥取藩士を頂くものの、もはや戦を小銃に頼る時代背景から、足軽と農民による部隊をつくることこそ急務と見ていた。

隊員の人数に応じて玄米と金が支給され、帯刀まで許されるとなれば、その栄に浴さんと農民が挙《こぞ》って入隊を希望するのも至極当たり前であった。

だが、初期の段階では、物心両面にて充分行き渡らず、ここに数ヶ月を要することになる。当初鳥取藩は新国隊の東山道軍参加に期待を寄せていたが、正式な決定に至らず、いつの間にか京都御所の警備にすり変わっていた。

京都警衛を優先した背景には、少なからず藩内佐幕派への遠慮があり、何より十三名烈士夫々が東山道軍参加に消極的であった為、暫くは京にて調練に励むだけに止まっていた。

「先の鳥羽伏見の戦いの折は、実際に参戦したのは薩長両藩と土佐藩の一部に過ぎず、これに対する幕府軍の数は総勢数万人とも言われている」

「焦った新政府軍は、積極的に火器の購入を進め、鉄砲隊の外は無用との達しを出すなど、大わらわであったそうだ。勝海舟殿の許で海軍修業をした加須屋・中井・山口・吉岡等への期待が高まったのも必然ではある」

十三名夫々の胸の中もまた複雑であった。

「それにしても、小田原戦線で中井範五郎が戦死するとは。何ゆえ、中井が死ななければならなかったのだ」

烈士十三名が夫々帰郷する中で、足立八蔵だけは故郷に戻ろうとせず、一人京に留まっていた。その意図するところの一つは因藩烈士に討たれた黒部等四名の遺族に対する罪悪感と手結浦でむざむざ死なせてしまった同志四名遺族等への気兼ねであり、他の一つは故郷に残した我が肉親への更なる誹謗中傷を生まない為の配慮であった。木の葉の揺れる音にさえ神経を研ぎ澄まし、まるで忍び込むようにして果たす肉親との僅かな逢瀬は実に耐え難いものと思われた。

一方の討たれた重臣等遺族もまた、決して触れてはならない非情の掟に涙を飲まなければならなかった。

これは、各地各藩にあっても同じこと、斯く時世に翻弄されていたのである。永見は東山道探索御用を命じられたまま結局帰郷を果たさなかったが、加須屋もまた、一旦帰郷して間もなく新たに『新英隊』の組織づくりを模索し、奥羽への参戦準備に取り掛かっていた。

この六月、新国隊は鳥取藩の正規軍として認可され、隊員の数も創立当初の三十名から既に六十名に達しており、苗字・仮苗字及び帯刀が許されることとなったことにより、一般市民にとっては大きな魅力となっていた。

更に足立が脱退した後、請われて軍監に就いた佐善元立の名声と人望により、新国隊の評価は急速に高まっていった。

だが、鳥取藩での評価は割れていた。周旋方、探索方としての政治的・軍事的能力が買われる一方で、やはり、因藩烈士とは相容れぬ藩士が多く存在していたのも事実であった。

一方山国隊では、従士達を説得した藤野斎が鳥取藩参謀局へ山国隊残留組の奥羽遠征を願い出るが、付属隊の山国隊が数々の目覚ましい戦功を挙げているのに、本隊の鳥取藩でも未だ実戦参加していない者多く、従って山国隊は江戸に留まり、大総督府の警護に当たるべしとされた。

河田は、既に京より戻っていた藤野斎と残留組の各隊員等を集め、八月八日、病で死亡した高室重蔵と既にここに眠る田中五右衛門を愛宕下の光岳院にて弔った。隊士一人一人の声が耐え難き無念であり、切実な叫びにも聞こえて、藤野もまた堪らぬ思いに浸るが、真実、その訴えは自分の本心と寸分変わるところがなかった。

既に何人もの死傷者を出している現実から、次第に夫々に死への恐怖心と鳥取藩・新政府軍への猜疑心が生まれても、それは自然の心理であり、当然の成り行きであった。

隊は上下身分の体制の為、当初から従士層に不満があり、何かあれば直ぐに郷士層と従士層の二つに割れたが、内輪もめの要因はそればかりではなかった。

元々農民達で編んだ俄か部隊は、ともすれば結束が崩れ易く、隊員達の幼さが随所に出て喧嘩・口論の絶えぬ日が続いた。藤野はほとほと嫌気がさしていたが、これを口にするなどできよう筈もなく、況してや、既に充分なる戦功を立て、もはや帰郷したき我が胸の内を些かでも見せようものなら、それこそ隊内は収拾がつかなくなること必定である。

誰よりも帰郷を望んでいたのは他ならぬ藤野斎自身であった。

せめて京都留守部隊の水口市之進宛て手紙を認めて苦しい胸の内を吐露するしか憂さの晴らしどころはなかったのである。

そして、高室重蔵の死から十日後の十七日、原六郎の奥羽出陣を祝い、今度は重太郎が招かれ盛大な祝宴を張った。

原は、既に前月の七月二十六日、これまでの山国隊司令士を辞し、フランス式訓練を受けた旧幕府軍精選兵士で編成した帰正隊司令士に転任していた。

その後も上野辺りで不穏な動きがあるなど、藤野にとってはまるで気の休まる時はなく、まさにこれが耐え得るぎりぎりのところ。新政府軍の一員として出陣して後は苦しい戦いの連続、加えて自隊内の乱れと多額の借財とに悩まされ、まさに身を削る思いであった。

そんな藤野にしてみても、勝手気ままに振舞い、時には羽目を外してみたくもなろうというもの。故郷に妻子を残す身とて、京の宵の賑わいに関心のない筈はない。

昼夜分かたず賑わう京都北野は宵闇にはひと際活気を見せ、薄暗い夕闇を裂きながら常夜灯に火が灯ると、まるでその機を窺っていたかのように雨が静かに降り始める。

藤野は、京で馴染みの芸妓『やな』と深い契りを交わした過ぎし日々を静かに思い起こしていた。

「とうとう降り出してきたわな」

「雨も風情があって時に気持ちを慰める」

「主さんは余程おしめりがお好きとみえまんねん」

「お前といるには殊更都合がいいというもの」

「外に声が漏れぬさかいとでも言いおいやしたげに」

そう言いながらじっと窓の外に目を遣る『やな』の表情は崩れない。

ふと通う中、馴染みとなり、いつしか特別の間柄となった。

「外に漏れぬとはなあ」

「思い違いも程ほどに。私はただ主はんの身を案じて申どしたまで」

「果て何と間違うたかな」

「憎らしい」

思わず手にした盃を投げつける、『やな』の目が怪しく藤野を見上げる。

「お前とこの先会えぬやも知れぬと思えば、間違いたくもなる」

「いややわ、急にそない怖い顔しなはって」

藤野の言わんとする大事の中身が容易に想像できた『やな』は、自らも徳利を盃に移して一気に飲み干した。

「主はんとはこの先もずっとお会いできまんねんのやろ?」

ただ確かめたい一心に違いない。

「このご時世では何が起こるか分からぬ」

『やな』の顔が俄かに曇った。

外は夜来の雪が既に高く積り、常夜灯の火も包まれて窓外の景色をすっかり遮っている。その時ふと、雪から変わり掛けた現実の雨の気配に呼び戻されて、藤野は思わず一人淋しい微笑を浮かべた。

「何とも切ない夜であった」

藤野の口からつい零れ出る言葉も虚しく響くばかりであった。

思えば、藤野がこの『やな』と出会うのもまた妙な巡り合わせである。

山国から周山《すやま》街道を経て車折《くるまざき》神社に差し掛かり、ふと境内で休息を取り、流れ落ちる汗を拭う藤野に、横からそっと茶を差し出した女、それが『やな』との初めての出会いである。

振り向いた藤野の前に佇む女のあまりの美貌に藤野は一瞬にして心を奪われた。

『やな』は、代々丹波屋の屋号を貰い苗字帯刀を許された京都御所の左官屋牧野《まきの》家に生を受け、十三代牧野勘七の姉としても恙無く暮らしていたが、生来芸事が好きであったことから、京都北野・上七軒の芸妓となり娘義太夫師として修業する身となり、やがて義太夫師匠となって竹本弥奈吉《たけもとやなきち》を名乗る。

後に、千本通一条での同棲生活が始まり、やがて二男一女に恵まれるが、次男『牧野省三《しょうぞう》』を授かったその年、何故か藤野は『やな』に離縁を言い渡し、故郷へ帰還するのである。藤野はその時、多額の借財を残していた。

父親の顔を知らぬ『牧野省三』は、後に千本座の座主となり、やがて「日本映画の父」と称される。

凄まじい戦火の中に　――奥羽戦争――

六月二十八日午後奥羽に向け出陣した新政府軍は、その夜一旦品川に宿泊し、翌二十九日に英国船にて出港、浦賀から千葉の興津《おきつ》を経由して七月二日には平潟に入港した。

平潟と平の間では既に戦争が行われており、先発隊の佐土原・長州・備前各藩の負傷者が続出していたが、新政府軍が続々到着すると形勢は一転、幕府軍は一斉に撤退していった。

会津では、長岡藩家老河井継之助《かわいつぐのすけ》の紹介で知り得たオランダ公使館勤務プロシア人ヘンリー・スネルから大量のライフル銃を買い付け、更に越後にて大掛かりな武器補充を行い、奥羽一帯の戦力を強力なものにしていた為、新政府軍は大いに苦戦した。

当時アメリカの南北戦争終結等による多数の武器余りに目をつけたスネルは日本名平松武兵衛を名乗って会津藩の軍事顧問となり、世界中から買い集めた武器を頻りに会津に売り込んだが、その数ライフル七百八十丁とも言われた。

このスネルを巧みに起用したのがプロイセンの駐日公使ブラントであり、そのプロイセンは戊辰戦争以前から北欧を想起させる広大で肥沃な蝦夷地に目をつけ、二度に亘り現地を視察、密かに植民地化を企んでいた。

プロイセンのビスマルク宰相に働き掛けるも、海軍省からの反対により断念。然し、その時恰も旧幕府軍榎本武揚《えのもとたけあき》により創設された蝦夷《えぞ》共和国と逸早く条約を締結し、九十九年間借地の約束を取りつけていた。

七月十三日、大雨の中を平へ進軍。途中から薩摩藩が合流し、薩摩・佐土原・筑前・柳川・鳥取・備前諸藩千二百名が平城を総攻撃。一進一退を繰り返すが、とうとう観念したのか、幕府軍は城に火を放ち、仙台へと逃げ失せた。

この後、新政府軍は二手に分かれて仙台城へと攻め上った。

河田率いる鳥取藩兵は長州藩兵と共に浜海道を進み、亀ヶ崎続いて浅見川にて敵を撃破、鳥取藩が中心となったこの戦で他藩に比し多くの死傷者を出したが、この時、伍長の足立無事介が磐城平《いわきたいら》の戦いで敵弾に当たり深手を負い、翌月下旬他界した。

徳川家康の娘督姫《とくひめ》を娶った池田輝政の家臣となり、岡山池田家が鳥取に移封されて後も仕える足立家の十四代目である。

落胆した河田は、足立の為に墓を建て自ら刻銘した。更に佐善に手紙を認め、深い惻隠《そくいん》の情を訴えると、佐善はすかさず詩文にしてそれを後世に残した。

河田は事ある毎に、佐善に事情を訴え、佐善もまた返書を認め、時には策を授けることもあった。河田にはもはや佐善だけが頼みであった。

河田が一時期戦列を離れ、京に戻った折、真っ先に会談したのが佐善であることは言うまでもない。

「私は部下の失態で窮地に陥っている。どう対処してよいか些か迷ってもいる」

「お主が弱音を吐くなど珍しいではないか。ここは上の裁断に委ねる外はあるまい。これ程の活躍があるお主のこと、悪いようにはしまい」

河田は佐善のこの言葉が聞きたくて帰還したといえよう。

間もなく戦列に復帰すべく戦線への帰路に着いた。

この時、原六郎は既に帰正隊司令士として転戦していた。

当時、北越戦争では、山県有朋《やまがたありとも》、黒田清隆《くろだきよたか》両参謀は大軍を擁するも大苦戦を強いられていた為、鳥取藩に出陣の命が下され、六月京を出発した。

北陸進攻における鳥取藩出陣に際しては、越後高田の陣中にて病没した高倉永祜《たかくらながさち》総督の後を継ぎ新たに越後口総督に任命されていた小松宮彰仁《こまつのみやあきひと》親王の配属として家老の荒尾駿河《あらおするが》が軍監に任じられた。

この時、かつて生野の変に加わり、その後一時期身を潜めていた柴捨蔵《しばすてぞう》（北垣国道）も併せて採用された。

この時点で、新政府軍は、白河城、棚倉《たなくら》城を立て続けに落とし、その勢いで二本松城に迫っていた。

尼子台の高地で激しい銃撃戦を制した後、最も熾烈と言われた大壇口《おおだんぐち》の戦いを勝ち抜くが、この時薩摩兵を率いていた小隊長の野津貫道は、宇都宮攻撃の際、河田左久馬の対応を生温いと評した男である。

野津等新政府軍の猛烈な攻撃に対し、二本松藩も果敢に抵抗した。この時、十二歳から十四歳で組織された少年隊の奮戦ぶりは目を見張るものがあり、出陣した二十二名の中、十六名が大壇口で戦死している。

十五歳以上で元服した他の少年隊は既に諸隊に従軍して他の戦場にあった。

結局、隊長・副隊長はじめ残った少年隊士を含む全員が討死、少年隊編成を命じた藩家老・重臣達もみな自害して果てたのである。

この少年隊が『二本松少年隊』と称されるのは、戊辰戦争後数十年を経て後のことである。この中には、十二歳で出陣した弟の後を追い、引き止める母親の手を振り切って戦場に赴いた病弱な十五歳の兄もいた。

互いの死を知らず共に散った二人の兄弟の命は如何に報われたであろうか。

ちょうど同時期、他の大隊も、七月に河井継之助率いる最も激しい長岡城攻防を一ヶ月掛けて制するが、西郷隆盛の実弟吉二郎《きちじろう》が戦死、河井もこの時の深手が原《もと》で翌八月他界する。この時、河井継之助は外国からガトリング砲やミトライユーズ砲を導入しており、新政府軍にとってはまさに過酷な戦いとなった。

間もなく越後全域を支配された奥羽列藩は武器の補給を新潟港に頼っていた為、いよいよ深刻な事態に陥っていく。

さて、漸く二本松城を落とした新政府軍は続く攻撃に際し意見が分かれた。

大村益次郎が仙台・米沢攻撃を切り出したのに対し、板垣退助・伊地知正治が会津藩攻撃を主張。いずれを先に攻めるかが問われたが、結局、板垣・伊地知案が採用され、早速、脇街道で手薄な母成峠《ぼなりとうげ》を衝き、この戦いに勝つと、八月二十三日、その勢いで一気に会津若松城下に突入し城を包囲する。

虚を衝かれた会津藩は必死に抵抗し、そのまま籠城作戦に出たが苦戦は免れず、止む無く鳥羽伏見の戦い直後に急編成した予備兵力『白虎隊』まで投入するも、悉く討ち果たされた。

この時、城下が煙で覆われているのを見た白虎隊二番隊は、ここで直ぐさま若松城に戻って参戦するか、玉砕覚悟で敵陣に斬り込むかで意見が分かれ、結局、敵に捕えられ生き恥を晒すのを潔しとせず、遂に二十名全員が飯盛山《いいもりやま》にて自刃を決行する（内一名は一命を取り留める）。

他では、籠城作戦の妨げになることを危惧した老父母や妻子等一族が示し合わせて集団自決するという痛ましい事件まで起こった。

凄まじい戦禍で身動きがままならなかったのも言い訳の一つと言えなくもないが、禁門の変で会津に完膚無きまでに叩き潰された長州勢の遺恨は深く、斬り刻まれた会津藩士の遺体は放置され風雨に晒されたまま一切埋葬などの処置が施されることはなかった。

それればかりではない。遺体への仕打ちは極めて残忍であり、この上ない恥辱を受ける有様は他の如何なる表現をもってしても繕うことのできない異様なものであった。

然し、これは一会津軍への対応に止まらず、斯かる制裁は戦死者からの金品略奪を行った新政府軍兵士達にも及び、会津軍・新政府軍双方の遺体埋葬に関しては、何人《なんぴと》たりともこれが対応処置を許されることはなかった。

やがて疫病の原因となることを恐れ埋葬処置の禁止は解かれたが、その光景はまさしく地獄絵図そのものであった。

この時、軍の中のあちこちで陰口が聞かれた。

「白河口進攻に当たり、西郷殿と大村殿の意見が合わず、白河口以降の攻撃の指揮を大村殿が単独で行うことになったとされるが、結局、西郷殿は別方面の平潟口侵攻に備え一旦帰藩された。そして在京の薩摩藩兵を二分して、一班を平潟に向かわせ、もう一班を白河口に差し向けたそうだ」

自らは七月二十三日北越薩軍の総司令官となり、八月十一日新潟に到着したところで実弟吉次郎の死を知らされた西郷の落胆ぶりは目を覆うばかりであった。

「この会津の戦いに西郷殿がおられたなら、斯かる無残な結末を齎すことはなかったであろう」

「たとえ、そうであっても、薩摩・長州は会津の怒りの矛先になるであろう」

「考えてもみろ、禁門の変では、長州一藩のみが薩摩と会津に悉く痛めつけられたではないか。その折、長州方が受けた仕打ちはそれこそ尋常ではなかった」

兵士達の慨嘆頻りであった。

然し、詰まるところ、会津藩士や地元民にしてみれば、長州・薩摩の区別などできよう筈もなく、ただただ新政府軍に対する怒りだけが残り、恨みと復讐の矛先は後の『西南の役』の西郷隆盛にも激しく向けられていくのである。

この会津戦争の悲惨な陰で、戸ノ口原にて白虎隊一隊からはぐれ、途方に暮れて自刃しようとした一人の少年白虎隊員・酒井峰治が、偶然飼い犬であった『クマ』に出会うという事実があった。

思わず声を上げて名を呼ぶと、『クマ』は一瞬足を止め、酒井の顔を見るや疾駆して飛び付き全身で喜びを表した。

峰治も堪らず泣きながら『クマ』を力一杯抱きしめた。

死の淵から呼び戻された峰治は後に蝦夷地へ渡り、八十一歳の天寿を全うするのである。

また、会津の籠城に際し、断髪し男装して自ら銃をもって奮戦した山本八重子《やえこ》という一人の女性がいた。

戦い抜いた気丈な八重子は後に再婚して新島襄《にいじまじょう》の妻となるが、この新島襄は上州安中藩士板倉家の出で、同志社英学校（現同志社大学）の創立を果たす等明治維新後の日本の教育に大いに貢献した男である。

禁止されていたアメリカ渡航を目指し箱館に渡ったところでニコライ・カサートキンと出会い、一時期日本語や古事記等の手解きをするが、この時ニコライへの弟子入りを打診されるもこれを断り、所期のアメリカ行きを坂本龍馬の従兄弟である澤辺琢磨等と共に敢行する。ニコライはこの密航を手助けした。

新島は後に教育の分野で山国隊司令士の原六郎とも深く関わっていくのである。

世の繋がりは妙であり、人の縁《えにし》とはまことにもって不思議なもの、因果応報は得てして思わぬところに帰結する。

明日の夜は　何国の誰か眺《なが》むらん　なれし御城《みしろ》に残す月影

いよいよ城を去る前夜、月明かりを頼りに、三の丸の倉の白壁に、くしを使って刻んだ八重子の歌である。

この頃、秋田藩が奥羽同盟軍の猛攻を受けて苦戦するの報に接し、七月下旬、新たに鳥取藩に一大隊出兵の命が下っていた。

松波隊を含む三隊で編成された総勢四百五十名に及ぶ一大隊である。

この時、慶徳の命を受けた慶徳の嗣子《しし》若殿《わかとの》の輝知《てるとも》が境港に向かう藩士一行を鳥取城にて見送った。

慶徳には決して他に明かせぬ胸の中、もはや新しき世に藩主等の役目が限られていることを慶徳は早くから読み切っていたのである。

一行は、一旦、伯州浜ノ目上道村《あがりみちむら》にて滞陣するが、輸送船の手配に難儀して一ヶ月以上の無駄な時間を費やしてしまう。

九月に入って直ぐに、雲州美保関に碇泊中の米国蒸気船に乗り移り、そこに一泊して後、敦賀《つるが》で残る一隊を乗せ、新潟河口に着いたところで、行き先地が変更される。

敦賀から乗船したのは、直前に合流した「敢撃隊」と「松波隊」であったが、ここで既に乗船していた鳥取藩士との間でちょっとした言い争いが起こった。

火付け役は鳥取藩の軍監永井与十郎であった。

「この船は小さいのに多数の兵員と食糧・武器・弾薬を積んでいる。我々はこれから風波の中を更に北海に向かわねばならず、甚だ危険の為、農兵隊は乗船せずこのまま帰って貰いたい。ここは藩士隊だけで進軍したいのだ」

敢撃隊はこの年六月に発足したばかりの足軽編成の銃卒隊であり、松波隊は安政二年の江戸大地震で藩邸が倒壊した際、田畑を売り払って得た七千両を藩に献上した功を賞して藩主池田慶徳から郷士に取りたてられた松波徹翁（当時名、田中六郎兵衛。後に松波姓を名乗る）が興した農民部隊である。

松波徹翁は藩士の提案に真っ向反論した。

「農兵隊の訓練は藩士隊に劣るものにあらず。寧ろ、藩士隊の老兵達にこそご辞退を願うのが筋であろう」

京都で護衛隊と共に銃砲訓練を受けていた大砲隊の同調もあって、結局は軍需品の量を減らすことにより、松波隊も藩士隊と行動を共にすることになった。

その夜、徹翁は隊員を前にして語った。

「戦場においては、武士であろうが農民兵であろうが、そのようなことは問題ではない。今日は大砲隊の愛洲隊長の弁護もあって従軍可能となったが、諸君がたとえ戦場で倒れても、遺族の面倒は自分が必ず見るから決して心配するな」

更に、戦場にて貧相に見えては敵の物笑いになるとして、全隊員に五金から十金を分配した為、隊員達は大いに感激して死を決意して忠勤に励むことを誓い合った。

一行は、既に窮地に陥っていた秋田藩を援護する為、急遽会津征討軍に従軍することとなり、三宅重馬を司令官とする敢撃第二番隊小隊が、海路奥羽に向けて出陣。その月十一日に漸く男鹿半島の羽州船川村《うしゆうふなかわむら》に上陸、この日以降南下して、ここで既に新政府軍に恭順の意を表している秋田郡久保田藩に着陣する。

鳥取藩と久保田藩の連合軍兵士百数十名に対し、幕府軍は二百有余、ここから境村・上淀川・中淀

戊辰戦争での鳥取藩兵の進路

川・戸賀澤村の各戦争に参戦するが、この頃から、庄内藩の総退脚が始まるのである。

一方先の鳥取軍荒尾駿河隊は、七月十三日より直江津に向け出航後、新発田、佐渡を経て新潟戦争に参戦し、長岡を奪取して新潟地区を平定。

砲撃激しい中、進軍を重ね、九月半ば、最後に猛反撃する仙台藩との激闘を制し、二十一日には、伊達氏支配下の亘理《わたり》城が明け渡され、平潟口軍を担う寺島参謀が薩長肥後等の藩兵約六千名を率いて仙台城に到着、追って、第二陣としてもう一人の参謀・河田が山国隊を含む薩長因肥後肥前等約千三百の兵を率いて風雨激しい中を仙台に入城し、ここに幕府軍討伐の作戦は略《ほぼ》終了するのである。

会津藩は一ヶ月に及ぶ籠城の末、米沢藩の説得もあって、九月二十二日遂に降伏して城を明け渡し、その二日後の二十四日には庄内藩が降伏する。

会津・庄内両藩は、この戊辰の役で財政が尽き果て、先に北方警備強化の為に幕府より与えられていた北海道領有地をプロイセンに売却打診していた最中であった。

この時、戊辰戦争最後の帰順者となる庄内藩と薩摩軍との運命的な出会いが起こる。庄内藩主・酒《さか》井忠篤《いただずみ》は正装して下座に着き、新政府軍の総指揮を執った黒田清隆参謀が上座に着いた。厳粛の中に謹んで降伏条件の申し渡しを受ける酒井に対し、会談を終えるや黒田は「お役の為ご無礼の段何卒お許し願いたい」と言って即座に下座に移り、改めて酒井を上座に迎え入れたのである。

庄内藩は、慶応三年師走の薩摩藩邸焼打ちに他藩と共に大きく関わった経緯から此の度の帰順に際しては相当の覚悟をもって望んでいたのだが、これに対する一切の咎めがなかったばかりか、下にも置かぬ寛大な処置であった。

酒井は黒田のこの立ち居振る舞いに心服したが、後に、これが西郷隆盛の強い意を戴してのことと知るに及び深く西郷に心酔した。

更に、その時西郷が庄内に入っていた事実に触れると、酒井はいたく感動し、落涙した。

改めて酒井が自ら西郷の陣営に赴くと、西郷は賓客の礼をもって対応した。

「西郷先生、あまりにご謙遜で、いずれが降伏した身か分からんようでありました」

西郷に付き添っていた高島鞆之助の言葉に西郷が笑って答えた。

「戦いに敗れたあの藩主の慇懃な姿をみやったでごわしょうが。勝った方が威張ってみせては、相手は思うことも言わんでごわしょう」

これにより新政府軍は奥羽一帯を手中に収め、ここに漸く奥羽征討の任務の決着をみることとなる。

一方、会津戦争を切り抜け、かろうじて脱出した会津藩の残党は榎本武揚率いる軍艦『開陽丸《かいよう》』への乗り込みに成功し、一路箱館を目指した。

オランダで建造され、「夜明け前」を想定して命名された『開陽丸』の行く手は暗黒の海、まるで視界のきかない真夜中の航海にいつしか雨が降り注ぎ、やがて激しくなって銀の矢が突き刺さる。

間もなく命運尽きるこの船が蝦夷地に入港するのはこの年十月のことである。

凱旋の道重く　――京への帰陣――

江戸を東京と改名した七月に続き、この九月、遂に明治と改元された。

「口の悪い江戸っ子達が、明治を逆さに読んで、到底『治《おさ》まる明《めい》』などと囃し立てているそうだ」

「大方、薩長を中心とした新政府に反感を持ってのことだろう」

「然し、新政府も天皇の行幸を企て、十月には江戸城に入ると聞く」

「新政府もなかなかやるもんだな」

相次ぐ勝利からか、東征軍の会話にも自ずと余裕があった。

山国隊内では、河田の決断により九名中六人の江戸帰還が許されることとなり、協議の結果、横田太郎左衛門、草木栄次郎、北小路源三郎の三名が河田の下に留まり、他の六名が江戸に戻ることになった。

然し、十月に入って、仙台藩兵の処置を巡って参謀内で対立が深まり、総督はじめ上司連中が裁定を下さなかったことから、怒った河田は早々に江戸へと立ち帰ってしまった。

その月下旬に江戸に帰還した河田を藤野は真っ先に訪れた。

「お帰りなさいませ。ご無事のご帰還喜ばしい限りでございます」

「いや、留守中は面倒を掛けた。また、折角、出迎えに来るというのを当方の都合で断ってしまい、済まないことをした」

総督府内部での意見衝突による帰還の為、河田は気が引けていた。

「留守部隊に変化はあったか？」

「それが、つい先日、中西市太郎が風邪を拗らせ運悪く逝ってしまいました」

「それはまた何ということか、残念なことだ」

「皆で光岳院に葬ってやりました。あの寺には田中や高室も眠っております」

中西市太郎の臨終に立ち合った清助は、上野山での一件を密かに思い起こしていた。あの時、迷ったまま思い切れぬ市太郎に代わって敵の若者を一突きした。

思い出す清助の悲しみは一入であった。だが清助は、市太郎があの時死んだ相手から託された親への遺言を聞かされてはいなかった。

市太郎と上野国の少年、今は共にあの世にあって、二人の無念さは如何ばかりであろうか。そんな事実を誰一人知る由もない。

その夜、藤野は河田の部屋を訪れ、二人だけで語り合った。

「思えば、因果なことよなあ」

「そうでございます。何ゆえこのような思いに浸らなければいけないのでしょうか」

「如何に、世の為とは申せ、多くの犠牲者を出し、敵といえども幕府の為、藩の為と信じて命を賭して戦っているのだ」

河田は過ぎ去りし本圀寺事件の因藩烈士に同じ思いを寄せていた。

「あの時、私は同志達に、今の藤野さんに話すのと同じ事を語っていた。皆、意気に燃えていた。これもかつての山鹿素行《やまがそこう》様の一君万民精神を基となすもの、まさに万民の為であった」

「それにつけても、あの大政奉還は一体何だったのでしょうか。将軍家が再び反撃し、その後再び恭順の意を表したものの、もはや幕府軍の勢いは止められませんでした」

「その通りだ。江戸開城は何であったのか。立役者であった筈の将軍自らが陰で戦意を煽っているのは不可解としか言いようがない」

「西郷様も心中恐らくは不本意でございましょう」

「如何にも。しかも、長州と薩摩との葛藤は未だ消えていない。況してや、勝海舟殿との約束が交わされていたにも拘わらず、この有様。一体何を如何に信用してよいのやら、思わず疑いたくもなるというもの」

「一君万民思想は脈々と受け継がれ、長州では吉田松蔭様がその教えを守り広げられた。我が鳥取にも景山塾があり、その教えは確実に伝えられている」

「山国隊もまた、古くから皇室御杣御料地《そまごりょうち》として朝廷に永く忠節を捧げ、只今の時にまで及んでおります」

「そうであったな。それにしても、人を束ねることはほとほと疲れるもの。決して容易ではない」

「まさに同じ思いでございます」

この時二人は思わず顔を見合わせて笑った。

「私の力が足りなかったせいで、藤野さんには金策やら隊内の統括やらで随分と苦労を掛けてしまった。必ずや貴方の顔の立つように藩に取り計らってやるからもう少しだけ辛抱してくれないか」

河田が言い終えぬ中に、藤野の目頭は既に潤んでいた。

遂に十月十三日、折からの雪混じりの中、天皇が江戸に到着した。

十一月五日の新政府軍帰陣が通達されると、山国隊も鳥取藩の今井波之丞率いる小隊と合同して警衛に当たる命が下された。

果たして当日、新政府軍は凱旋の帰途に着いたが、藤野斎はただ一人江戸に残り、山国隊帰陣の為の金策に奔走した。鳥取藩役人の落度とそっけない態度で調達に苦しんだ藤野は、またもや訝る千葉重太郎に土下座して何とか工面して貰うに成功した。

莫大な借金とつけが残ったのは言うまでもない。

不眠不休で急ぎ山国隊の後を追った藤野が必死の思いで小田原、箱根を過ぎ、三島の本隊に追い着いたのは一行出発八日後の十三日夜のことであった。大歓声に迎えられ祝宴が催されたその夜半、突如、刑法官が踏み込んできた。昨夜の小田原宿営にて大総督府の本陣であるにも拘わらず、不敬を働いた者がいる、と詰問してきた。

聞けば、橋爪繁次郎、徳田勘次、水口幸太郎、草木栄次郎だと言う。

「水口と草木は我が隊の者だ」

事情の分からぬまま、藤野が応えた。

徳田勘次を擁する今井隊の今井隊長は藤野に言った。

「ここに至っては罪を免れない。いっそ自主的に切腹をさせた方がましだ。我が隊の二名も既に覚悟を決めておるし、無論私も切腹致す所存である」

それを聞いた藤野は焦った。

那波組頭も既に切腹を決め込んでいる。

橋爪繁次郎と異称された橋爪治兵衛が藤野に縋って泣いた。

「年長者である私に一切の責任があります。然し、刑法官は全く聞き入れてくれません」

藤野は治兵衛を伴って直ぐに今井、那波を訪れ、そして言った。

「戦勝凱旋に酒肴はつきもの、たかが歌舞ぐらいのごときで罰せられるは却って後々の物笑いになろう」

そう言った先に藤野は直ぐさま河田を訪ね、事の次第を報告すると、河田は真っ先に酒を用意した。

「藤野さん、貴方の言う通りだ。今井、那波の如き発想は如何にも時宜を得ていない。部下を切腹に至らしめるなど誤りである」

そう言うと、河田は、今井、那波を呼び寄せ、刑法官には五名の身柄を河田が預かる旨告げるようにと指示して一旦藤野を帰営させた。

結局、罪は当分不問に付され、徳田等二名は今井に、三名が那波と藤野に預けられ謹慎を申し付けられるに止まった。

今井、那波はただ呆然とするばかりであり、藤野自身も内心は如何に対処してよいのか見当もつかず、皆目自信はなかったのである。

この一件以来、今井、那波の名は地に落ち、反対に藤野斎の評価は絶大なものとなった。然し、膨大な借財を抱え、はたまた斯く度重なる不祥事に、如何に大義、運命《さだめ》とはいえ、流石の藤野もほとほと性根尽き果てていた。

十四日島田の宿は冷雨、浜松、新井、吉田の宿陣を経て、桑名へ。

更に亀山から鈴鹿、石部へ進み、翌二十四日、ここで藤野は那波と謹慎中の三名とともに、粉雪舞い散る中を本体に先駆け矢橋《やばせ》から舟で大津へと入った。

「お前達は謹慎中の身ゆえ、本隊の隊列に加わることも叶わない。京はもう目と鼻の先、ここで我等だけで祝杯をあげようではないか」

「いい祝酒だ」

那波は一人嗚咽した。他の三名もまた寂として声がなかった。

藤野は密かに河田に五名の謹慎解除を懇願し、漸く謹慎は解かれた。

一夜明けた十一月二十五日、この年二月十三日の京出陣からおよそ十ヶ月を経て新政府軍は今まさに帰還しようとしていた。

夜来の激しい雨は上がり、晴天の朝であった。

六つ時、隊列を整えて出立、山科《やましな》で払暁《ふつぎょう》、ここで先に帰京していた辻肥後等が隊列に加わり、やがて三条通り、東川端通りを経て御幸橋のほぼ中央に差し掛かったところで法螺貝が響き、三軍総じてえい、えい、えいの鯨波《げいは》の声を放つと、天轟き地響きするが如き中を御苑内へ、公家御門より紫宸殿《ししんでん》を通り庭前に入り整列した。

上野山の戦にて一番乗りを果たし、今、帰還に当たって本隊の先頭に立ち、高らかに奏する山国隊は誉れ高く輝いている。これぞまさしく我が国初の西洋音楽であり正調軍楽である。

〈宮さん宮さんお馬の前にキラキラ光は何じゃいなトコトンヤレトンヤレナ〉
〈あれは朝敵征伐せよとの錦の御旗じゃ知らないかトコトンヤレトンヤレナ〉
〈威風凛々《いふうりんりん》山国隊の軍《いくさ》の仕様を知らないかトコトンヤレトンヤレナ〉
〈雨と降り来る矢玉の中を先駆けするのじゃないかいなトコトンヤレトンヤレナ〉

山国隊三十五名中、戦死者四名、病死者二名、翌明治二年、高熱で死去した北小路万之輔を加えた七名が死去、他に重軽症者を抱えながらも勇猛果敢に闘い抜いた山国隊と京都留守部隊、そして彼らを支えた家族達の栄光を秘めながら、その日より地蔵院（通称『椿寺《つばきでら》』）にて文武、取り分け軍学に勤しみ、明治二年二月十八日晴れて故郷への凱旋が決まる。

前年の慶応四年一月、山国神社にて出陣の誓書を読み上げてより一年一ヶ月の帰郷となるこの日は雪。

翌十九日に祝宴を開き、いよいよ凱旋の途についた一行は二十五日到着、その足で山国神社に参詣すると、戦死者・病死者の慰霊祭を挙行、藤野斎が祭文《さいもん》を読み上げた。斯くして山国隊は、明治三年春解散する。

藤野は新政府の要職に就け得る功績を残しながらも敢えて河田左久馬に追従せず、私心を捨て只管故郷を支える役目に徹した。

かつて山国隊にありこの時帰正隊司令士であった原六郎を除き、鳥取藩はこの後の箱館戦争には参画せず、和田壱岐は十一月藩兵をまとめて東京へ引き揚げ、荒尾駿河も十一月軍監の任を解かれ十二月三日に鳥取に帰参、庄内に進攻した三宅重馬隊等一行も十一月の東京を経て十二月二日京都、続いて十九日に鳥取に帰参する。

鳥取藩の鳥羽伏見戦争への逸早い参戦は討幕軍の戦意高揚に大いに寄与し、戊辰戦争における東山《とうさん》道《どう》・関東・東北での同藩の活躍は目を見張るものがあり、とりわけ手薄とされる東海道ではその実力を存分に発揮した。

その実績評価は高く、軍功が認められた結果、藩主・慶徳には、薩摩・長州各藩主の十万石、土佐藩主の四万石に次ぐ三万石が加増された。

思えば長い歳月であった。

鳥取藩軍を事実上指揮した河田左久馬の鳥羽伏見、戊辰戦争はここに一応の終結をみるが、その代償は極めて大きいものとなった。

鳥取藩総軍犠牲者は、名主一名、所属の山国隊七名、同じく父子三名とも戦功を挙げ指揮官任務を全うした松波徹翁率いる松波隊三名、陪臣二名、帰順兵十名、雑夫三名であり、鳥取藩は実に六十二名（戦死五十三名）にも及び、病死者十名と刑死一名を含めた総数は八十八名に上った。その他負傷者百三十四名を数え、河田の苦悩が果てることは決してなかった。

迷雲　――恩讐の彼方に――

明治元年十月の天皇行幸に続き、十一月には、東京市民に酒が下賜され、町は鉦太鼓で賑やかに、終いには山車も出て花火も上がる。

明けて明治二年三月遷都なり、正式に江戸城が皇居となるが、武士が去り、も抜けになった大名屋敷は荒れるまま、庶民の仕事は減るばかり、江戸はすっかり寂れてしまう。

一方、明治元年十月、艦隊『開陽丸《かいようまる》』を率いて箱館入りしていた榎本武揚は、いっ時青森へ逃れた新政府・清水谷公考《しみずだにきんなる》府知事と入れ替わって五稜郭《ごりょうかく》に入る。

これには、仙台藩士等旧幕府の脱走兵士達に混じって、伊勢桑名《くわな》藩主・松平定敬《さだあき》、備中松山藩主・板倉勝静《いたくらかつきよ》、肥前唐津藩世子《せいし》・小笠原長行《おがさわらながみち》等諸侯も加わっていた。

勝算なき戦いを前に開かれた宴で流れる松平定敬の笛の音色は物悲しく響き、まるで今生の別れを告げんが如く聞こえた。

定敬は会津藩主松平容保《まつだいらかたもり》や尾張藩主徳川慶勝《よしかつ》の実弟であり、鳥羽伏見の戦いに惨敗して後もずっと慶喜に追随したが、その為藩主不在となった桑名藩の次期五代藩主に擁立された松平定教《さだのり》が定敬に断ることなく新政府軍に恭順し無血のまま城を明け渡した。

師走に入り、その定敬を守らんと箱館入りした桑名藩家老・酒井孫八郎《さかいまごはちろう》の命がけの交渉と説得により定敬も遂に折れ、ここに涙ながらに降伏を受け入れ酒井とともに桑名へ戻ることを承知する。この時松平定敬二十一歳、酒井孫八郎二十三歳であった。

かつて千葉重太郎を救ったことのある板倉勝静もまた家臣の断っての頼みにより止む無く降伏するが、勝海舟をして「この時代にあらざれば、祖父の松平定信公をも凌ぐ名君であったろうに」と言わしめた程の人物である。

明けて明治二年五月、攻め上った新政府軍の箱館総攻撃により五稜郭は僅か一週間で落ちる。籠城戦を嫌った土方歳三《ひじかたとしぞう》は、戦況を訝る兵士達を率いて最後の指揮を執るも新政府軍の銃弾に腹部を貫かれ、三十五歳の生涯を終える。

ここに戊辰戦争は終結を迎えた。

徳川幕府の歴史は完全にその幕を閉じ、徳川宗家当主の座を降りた慶喜は僅か七十万石の駿府《すんぷ》へと落ちていく。

会津藩主松平容保は、明治二年八月より鳥取藩江戸藩邸にて預かりの身となるが、警護に配属されたかつての因藩烈士、鳥取藩の隊長格山口謙之進及び永見和十郎の義弟でこの時新国隊員の岸本辰三郎等により至極丁重に処遇された。

その新国隊もまた、本営を米子《よなご》に移して募兵と調練に励み、政治的・軍事的能力を高く評価される一方で、藩内には未だ因藩烈士の鳥取帰参に根強く反対する者多く、その為、新国隊の任地が政治の中心鳥取から離れた米子や淀江に向けられた背景もまたここにあったのである。

そしてただ一人京に留まった足立八蔵は、その後とうとう一度も鳥取の地を踏むことはなかった、果たして足立の胸中や如何に。

既に五名の尊い仲間を失っていた因藩烈士が、その後美保関にて再会を果たすも、何故か数名が間に合わず、その場に欠落していた。折しも注ぐ冷たい雨に思わずぶるっと身を震わせる志士達、その肩にいつしか白いものが降りかかっていた。

河田が最大の理解者である佐善元立と漸く久々の再会を果たすのもずっと後のことである。

「新庄常蔵は名を「新貞老《あたらしさだおい》」と改め、我等の前に姿を現すこともなく佐渡へ渡った。県知事に着任したと聞きほっとしている。あの男に逃亡の汚名を着せたのも元はといえば私の所為であった」

「それがあの男に課せられた役目、謂わば宿命というものであろう」

新庄は後に東京へと上るが、同志達と肝胆相照らすに至らず、また率先して自らが姿を現すこともなかった。

「思えば、地獄のようなあの戦が貴殿や坂本龍馬殿等が夢と描いた蝦夷地で終焉を迎えたのもまた因縁であろうか」

佐善の言葉に河田はしみじみ述懐する。

「我が国内が相争っている隙をつき、この地を虎視眈眈と狙っていたプロイセンが蝦夷共和国と九十九年間の借地契約を結んでしまった。新政府軍はこの契約を解除するのに多額の賠償金を支払わされる羽目になった」

「それにしても我が国にとって薄氷を踏む思いの一時期であった。蝦夷には千葉重太郎殿も開拓使として出仕なさる」

「今や穏やかな世がこの地から発していく、まさに隔世の感がある」

「新しい黎明を迎えたとは申せ、明治も二年目の秋が深まってなお混迷を続けておる。職を失った武士達も飢えに喘ぐ民も皆疲弊し切って、この先如何に生きていくかを模索するところから始めねばならぬとはなあ」

「その通りよな、我等は決して維新を成し遂げたことに甘んじてはならない。勤皇・佐幕双方の多くの犠牲の上に立っていることをゆめゆめ忘れまじ。それにつけても、貴殿でなければ因藩烈士、山国隊等を統率することは不可能であった。貴殿をおいてこの大役を果たし得る者はいなかったであろう」

佐善のこの言葉を河田は万感の思いで受け留めた。

「我等が後ろ盾であった安達清一郎様はあの時以来とうとう表舞台にお出になることはなかった」

「一徹なご性格とあの物言いで随分と敵も多かった」

「ひょっとして、私が頑固を通すのも安達様の影響によるところ大であったか」

そう言って笑い出す河田の目に光るものがあった。

「貴殿はさぞかし辛かったであろう」

しみじみ語る佐善に河田が返した。

「いや、佐善、お主こそ辛い思いをしてきたであろう。ようここまで耐え忍んでくれた。お主という存在なかりせば、私は疾うに挫折していた。私が東山道軍に加わり、後顧の憂いなく事を成し遂げることができたのもお主のお陰だ」

その時、佐善の頬を熱い一滴が伝って落ちた。

佐善の涙を河田が見たのはこの時が初めてであった。

佐善は、新国隊に属する傍ら、専ら学問に精励し、後に東京大伝馬町に家塾（学問所）『時敏塾《じびんじゅく》』を開いて漢学を教え、多くの有能な若者達を養成、世に輩出して新しき時代に大いに貢献していく。

佐善は後に、慶徳の後を受け新たに池田家当主となる輝知《てるとも》の侍講《じこう》を務めるが、『時敏塾』の紙本墨書扁額《へんがく》をこの輝知が揮毫《きごう》する。

「佐善は笑うとまるで猫みたいな顔になるな」

屈託のない輝知の言葉に、かつては眼光鋭かった佐善の目が笑い、顔に丸みを帯びる口元が思わず綻んで、この時は一層細くなって、なるほど猫の顔にそっくりに映って見えた。

輝知の笑い声は暫く止まず、佐善もその間中、笑顔を絶やすことがなかった。当主の交代と時代の移り変わりに今昔はない。

やがてこの塾にまだ幼き、後の文豪森鷗外《もりおうがい》兄弟も通い、取り分け鷗外は佐善に伴われて足繁く河田邸を訪れるようになる。

佐善元立は教育分野で名を馳せ、河田左久馬は後に鳥取県初代権令《ごんれい》（県知事）となり、戊辰戦争を共に戦った北垣国道は京都府知事、海江田信義は奈良県知事に、松田道之は大津県令・初代滋賀県令を経て後に東京府知事の任に就く。

また、五稜郭の戦いまで戦い抜いた原六郎は日本の金融・財政の牽引役として財界五人男と並び称される。

因藩烈士の若き同志山口謙之進は烈士の中で八十三歳の最長寿を果たし、後年五十三歳の折には、かつて我が娘のように可愛がっていた二十三歳年下の女性『つな』と再婚を果たしてなお意気盛ん。

内務省、大蔵省の官僚として近代国家成立期の諸政策に携わり、社会に大きく貢献していく。

一方、山国隊を解散した藤野斎は山国郷が抱え込んだ莫大な借財を返すのに只管苦心惨憺し、他の同志と共にずっと奔走しなければならなかった。

河田左久馬と千葉重太郎は、この藤野への支援を最後まで惜しまず、三人の固い絆は一層強いものとなるが、華やかな表舞台に立つ河田と千葉に比し、藤野は決して目立たず、周囲の尊敬を一身に集めながら静かにその余世を送る。

ゆきあいの空に別れを懐かしむも、やがて深い秋も虚しい風と共に通り過ぎ、今また冬が列島を冷たく閉じ込める。

日本の地を母国の領土にせんと激しい野望に燃える多くの異国人に対し、自国を救わんと迎え撃つ日本は、その志すところが同じでありながら、真っ二つに割れた。思えば西から南から吹き荒れた時代の嵐は遠く北の地で終わりを告げ、まるで桜前線が駆け上がるように人々の心を乱しつつ華々しく北上し、取って返して戻らんとすれば、今や葉桜さえ飛び散り、兵《つわもの》どもが夢の跡は悉く虚しく朽ちて果てる。

北から南へと下るに全国津々浦々多くの悲話を残しつつ、とにもかくにも明治維新は成った。それは、まさに命を賭した多くの人々の犠牲の上にこそあった。

この冬の空はいつになくどんよりとして雲定まらず、時に深く世界を閉ざす。

葵か菊かと彷徨《さまよ》いながら、いずれ愛惜《あいじゃく》に散るも潔し。

果たして生きるべきか生かざるべきか思案する武士は恩讐の彼方に置くも忘るるも心また定まらず、いずれに流るるを迷う雲一つ。


——完——

幕末略年表

一八三三年	天保四年		天保の大飢饉
一八五〇年	嘉永三年		慶徳が池田家の養子として迎え入れられる
一八五二年	嘉永五年		ロシア船下田に来る
一八五三年	嘉永六年	六月	ペリー米艦四隻率いて浦賀入港
一八五四年	安政元年		ペリー再来航、日米和親条約調印
一八五八年	安政五年	六月	鳥取藩主池田慶徳、大坂海岸警備命じられる
			日米修好通商条約成る。安政の大獄始まる
一八六〇年	万延元年	三月	桜田門外の変、大老井伊直弼、水戸浪士等に暗殺される
一八六一年	文久元年	五月	ロシア艦、対馬占拠
			ニコライ・カサートキン来日、箱館在住
			大西清太、足立正声等、江戸遊学を命じられる
一八六二年	文久二年		皇女和宮降嫁
			寺田屋の変、生麦事件
			大原重徳卿からの勅命伝言隠蔽される
			坂本龍馬江戸千葉定吉道場寄宿

一八六三年	文久三年		馬関攘夷戦、薩英戦争
			吉田直人、山口謙之進、中井範五郎、吉岡正臣、勝海舟の大坂海軍塾入りを命じられる
	文久三年	六月	鳥取藩、大坂湾で英国船を砲撃
		八月十七日	京都堺筋町御門などで慶徳を罵る張り紙事件
		八月十七日	本圀寺事件、天誅組の義挙
		八月十八日	八月十八日の大政変
		十月	生野事変
一八六四年	元治元年	四月	天狗党の乱
		六月	池田屋事件
		七月	禁門の変、第一次長州征伐の命下る
			鳥取藩、烈士を黒坂へ護送（八月黒坂泉龍寺に幽閉）
一八六五年	元治二年	三月	黒坂より鳥取へ移送
一八六六年	慶応二年	四月	坂本龍馬と河田左久馬、広島御手洗にて密会
		六月	第二次長州征伐の戦闘開始
		七月	将軍家茂逝去
		七月二十八日	因藩烈士、鳥取から脱走
		二十九日	橋津から美保関へ

		八月	一日	手結浦着
			三日	因藩烈士等五名討たれる
		十二月		徳川慶喜将軍となる
				孝明天皇崩御
一八六七年	慶応三年	四月		長州高杉晋作他界
		五月		京都二条城にて「四侯会議」設置
		十月		大政奉還
		十一月		坂本龍馬暗殺
		十二月		王政復古（小御所会議）
				山国隊藤野斎、官位「従五位」を拝任
一八六八年	慶応四年	正月		鳥羽伏見の戦い始まる　戊辰戦争
				参与橋本実梁、東海道鎮撫総督に任じられる
				山国隊、郷里出陣
		二月		河田左久馬等勘気御免となり鳥取帰参許可
				有栖川宮熾仁親王総督の下、東山道、東海道、北陸道の各先鋒総督兼鎮撫使置かれる
				岩倉具定総督、参謀板垣退助等、東山道先鋒軍　鳥取藩軍総勢七百九十六人

		山国隊甲州勝沼雨の初陣
三月		河田左久馬山国隊長に任命される
		市ヶ谷尾張藩邸に到着、江戸帰還
		「赤報隊」相楽総三以下八名処刑される
		三千余名島民による隠岐騒動（景山龍三統治）
四月	十一日	江戸開城なる
四月		河田左久馬の活躍により宇都宮城陥落
		近藤勇処刑される
閏四月		鳥取藩・山国隊江戸帰還
		奥羽二十五藩による反新政府「奥羽越列藩同盟」成立
五月		彰義隊との激戦（上野戦争）（西郷軍、山国隊奮戦）
五月		戊甲役参戦中の軍監・中井範五郎、小田原にて討死
六月		熾人親王、会津征討大総督兼任となる
		鳥取藩　藤野斎一旦帰京
		鳥取藩家老荒尾駿河、越後口軍監拝命
		新政府軍、奥羽に向け出陣
		烈士全員の鳥取帰還許される
七月	十七日	江戸が東京と改まる

一八六八年	七月	千葉重太郎、藤野斎・原六郎等を屋敷に招聘
		プロイセン、会津・庄内両藩に提携持ちかけ
		新政府軍平潟入港、薩摩藩合流、平城を総攻撃
		仙台城攻撃、浜海道進攻参謀河田左久馬指揮
		「二本松少年隊」戦死
		長岡城落城、西郷隆盛実弟吉二郎戦死
		西郷隆盛、北越薩軍の総司令官となる
		鳥取軍敢撃第二番隊小隊、奥羽に向け出陣
	八月	長岡藩河井継之助他界
		二本松城落城
		会津若松城包囲、白虎隊飯盛山にて自刃
明治元年	九月　八日	明治に改元
		伊達氏支配下の亘理城明け渡される
		山国隊を含む薩長因肥後肥前等入城
		会津藩降伏、城明け渡し、庄内藩降伏
		会津残党、榎本率いる軍艦「開陽丸」にて箱館へ
	十月	天皇行幸、江戸城到着
	十一月	新政府軍帰還　荒尾駿河鳥取帰参

		十二月	三宅重馬隊等一行鳥取帰参　戊辰戦争事実上終結
一八六九年	明治二年	二月	山国隊、故郷凱旋
		三月	天皇東京城（江戸城）入城皇居となる　東京遷都
		五月	五稜郭落ちる
		六月	鳥取藩・松江藩版籍奉還
			佐善脩蔵元立、藩の学寮長に就任する
		十一月	大村益次郎他界
一八七〇年	明治三年	春	山国隊解散
	明治三年	夏	鳥取藩主池田慶徳、松江藩主松平定安東京移住
一八七一年	明治四年	三月	新国隊解散
一八七一年	明治四年	七月	廃藩置県なる
		十一月	因幡伯耆併合鳥取県となる。河田佐久馬、初代鳥取県権令に就任する
		十二月	隠岐、鳥取県となる
一八七六年	明治九年	八月	全国的な府県合併により、鳥取県は島根県に併合される
一八八一年	明治十四年	九月	鳥取県は島根県と分離し、因伯二国を治める
一八八五年	明治十八年		内閣制度創設、伊藤博文初代内閣総理大臣
一八八九年	明治二十二年	二月	大日本帝国憲法発布（翌明治二十三年十一月施行）

黒坂　泉龍寺

美保神社

手結浦　禅慶院

山崎大合戦之図（鳥羽伏見の戦い）慶応４年正月の部分
明治大学博物館所蔵

主要参考文献

鳥取藩史（鳥取県）一九六一年
贈従一位池田慶徳公御伝記（鳥取県立図書館編）一九八七年〜一九九二年
因藩二十士伝（青木寿光）一九三〇年
因藩勤王二十士問題に対する主張（鳥取県日野郡神職会）一九三一年
因藩勤王二十士と手結の浦事変（安部正吉）（青山善一郎）一九三六年
因幡二十士をめぐる鳥取藩幕末秘史（山根幸惠）（毎日新聞社）一九六〇年
鳥取藩『幕末列藩流血録』（徳永真一郎）（毎日新聞社刊）一九七九年
若き獅子たち（早乙女貢）（実業之日本社）一九八五年
巷説　因幡二十士事件（中村忠文）（富士書房）二〇〇一年
鳥取池田家　光と影（河手龍海）（富士書房）二〇〇二年
温故知新　—亀井家史考証—（横山正克）（温故知新刊行会）一九八二年
伯耆文化研究（岡田年正）（伯耆文化研究会）二〇〇二年・二〇〇三年
さかいみなと郷土の歴史（市民版）（境港市史編纂室）
鳥取県の歴史「幕末の鳥取藩」（山川出版社）
史説　幕末暗殺（中沢圣夫）（雄山閣出版）一九九三年
幕末の若獅子　因藩二十士特別委員（曹洞宗　瑠璃光山　泉龍寺）一九八九年

幕末の若獅子　因藩二十士伝ＤＶＤ（瑠璃光山　泉龍寺）（坂本敬司解説）
因幡二十士関係文書（岡田年正）二〇〇三年
本圀寺事件前夜と新国隊について（米子校郷土史研究科　牧智也）
山陰歴史散歩（創元社）一九七九年
因藩二十士展　動乱期に生きた鳥取藩士（米子市立山陰歴史館）一九九二年
幕末を駆けぬけた男達（鹿島町立歴史民族資料館）一九九一年　特別展図録
日本史最後の仇討　―手結浦事件の真相―（梅谷光陽）一九九九年
詫間樊六と手結浦事変（藤岡大拙）
因藩二十士事件とその後（京都府立大学　高室美博）
鳥取藩池田慶徳夫人　寛子（坂本敬司）（歴史読本）二〇〇四年
美保関古文書　美保神社・横山家所蔵
美保関と廻船（美保関町史資料）
北前船の寄港地　美保関（樋野俊晴）
境港市史
米子市史
米子商業史　米子商工会議所　一九九〇年
淀江町誌　淀江町　一九六五年
特別展　明治維新と鳥取　鳥取県立博物館資料刊行会　一九九四年
明治以前　日本土木史（土木学會編）一九三六年

弓浜民談抄（佐々木謙）（稲葉書房）一九七三年
二十二士懐中書等文書（岡　仁郎氏所蔵）
新国隊制服写真等文書（木村亘氏所蔵）
宮本包則刀六十撰（草信博）
今津屋林兵衛報告書（杉谷家所蔵）
茶禪不昧公（高橋梅園）（實雲舎）
「伯耆志」―景山家の系図及び景山塾跡と景山墓地―　境港市史編纂室（小灘　浩）
西郷隆盛のすべて　その思想と革命行動（濱田尚友）（久保書店）一九七二年
西郷隆盛と明治維新（濱田尚友）（三笠出版）一九九二年
薩摩武士道（薩摩士魂の会）（日本経済新聞出版社）二〇一一年
参謀は名を秘す（童門冬二）（日本経済新聞社）一九九六年
酒が語る日本史（和歌森太郎）（河出書房新社）一九七一年
歴史の海　四季の風（綱淵謙錠）（新潮社）一九八四年
丹波山国隊（水口民次郎）一九六六年
山国隊（仲村　研）一九六八年
山国隊軍楽の謎と維新勤王隊
軍楽に連なる音楽（仁井田邦夫）一九八六年
マキノ雅弘自伝　映画渡世・天の巻／地の巻（マキノ雅弘）一九七七年
山国隊史料　鳥取藩十三番隊山国隊研究会

開拓使にいた！　龍馬の同志と元新撰組隊士たち（北国諒星）二〇一二年
幕末・維新の江戸・東京を歩く（平成御徒組）（角川ＳＳＣ）二〇一〇年
歴史の影絵（吉村　昭）（文藝春秋）二〇〇三年
宣教師ニコライとその時代（中村健之介）（講談社現代新書）二〇一一年
新潮45（二〇一一年三月号）「名門と国家」（徳川家広）二〇一一年
新国隊の動向と岸本辰雄（阿部裕樹）二〇〇八年
幕末期鳥取藩の政治情勢と尊攘過激派（渡辺隆喜）
朝日新聞
日本海新聞
山陰中央新報

あとがき

鳥取藩の若き勤皇の志士達を描いた幕末物語『忘れ雪』を出版して早三年が経過しました。この間、多くの方々から続編刊行のお勧めを頂戴しておりましたが、この程漸く「夜明けの雪」を発表させていただくに至りました。

幕末全般を見据え、後半は京都「山国隊」を中心に戊辰戦争の知られざる逸話を取り入れましたが、この戦に至る陰には、さまざまな葛藤と思いもよらぬ出来事があり、やがて戊辰戦争の火蓋が切られると、そこにもまた、多くの秘められた事実が浮き彫りにされるのです。

本書は斯うした歴史の真実を織り交ぜながら、物語の構成配分を超えたところで完結させておりますが、果たして皆様にご納得いただけるか少なからず不安を抱きつつ敢えてご披露させていただくことになりました。

勤皇・佐幕のいずれが正しくいずれが正道を踏み外していたかの是非を問う前に、共に命を賭して大義を果さんとした双方志士達に思いを馳せる時、今日置かれある日本の状況はあまりに誠意と正義を欠いたものと心底嘆かざるを得ません。

明治維新への回帰は生温いノスタルジアだと豪語する方々も多くあります。

然しながら、ここに立ち戻らなければならない程、我が国の現状は荒み、ただただ憂えるばかりです。

本書をご高覧頂く中で、お一人でも共感を覚えてくださる方がいらっしゃいますならば著者望外の喜びとするところです。

最後に、本書刊行に当たり貴重な資料ご提供等多大なご尽力を賜りました境港商工会議所様、美保神社様、泉龍寺様、鳥取市並びに境港市の皆様方に心より厚く御礼を申し上げます。

二〇一三年　三月　　毛利宏嗣

ご尽力頂いた方々（敬称略）

境港商工会議所　横山宏充
美保神社　禰宜　三島道秀
黒坂泉龍寺住職
境港市郷土史家　木村　亘
境港市史編纂室
山陰歴史館
島根県郷土史家　樋野俊晴
鹿島町郷土史家　安達光雄
映画監督（元鳥取県立図書館長）　森本良和
元鳥取市博物館長　住田高市
鳥取の幕末史を共に語る会（県議）　森岡俊夫

他資料提供者各位

【著者プロフィール】
毛利 宏嗣（もうり ひろつぐ）
昭和十九年 東京生まれ
昭和四十一年 東洋棉花㈱（㈱トーメン・現 豊田通商㈱）入社
トーメングループ役員・鉄鋼会社役員・国士舘大学政経学部非常勤講師等を経て現在に至る
毎日新聞社第一回若手経営者・管理職体験記コンクール入賞
「正論」創刊二十五周年記念企画「ノンフィクション」入賞
他の著書に
「孤独な獅子 ―M&Aの黒い罠―」（二〇〇七年）
「忘れ雪 ―因藩二十士真実の涙―」（二〇〇九年）

夜明《よあ》けの雪《ゆき》 ―幕末《ばくまつ》もう一《ひと》つの真実《しんじつ》―

平成二十五年四月十八日 第一刷発行

著者 毛利《もうり》 宏嗣《ひろつぐ》
発行者 佐藤聡
発行所 株式会社 郁朋社《いくほうしゃ》
東京都千代田区三崎町二―二〇―四
郵便番号 一〇一―〇〇六一
電話 〇三（三二三四）八九二三（代表）
FAX 〇三（三二三四）三九四八
振替 〇〇一六〇―五―一〇〇三二八
印刷
製本 壮光舎印刷株式会社
装丁 根本比奈子
カバー・本文写真提供 住田恒夫

落丁、乱丁本はお取替え致します。
郁朋社ホームページアドレス http://www.ikuhousha.com
この本に関するご意見・ご感想をメールでお寄せいただく際は、comment@ikuhousha.com までお願い致します。

ISBN978-4-87302-548-3 C0093